山海經裡的故事④

東海先生的不繫之舟

文：鄒敦怜
圖：羅方君

作者序

不繫之舟啟航了，這是小難的第二段旅程，也是山海經故事「東海先生系列」的首部曲。

二〇一九年盛暑，《南山先生的藥鋪子》這本書跟讀者見面，透過十二歲男孩小難的視角，展開神話的卷軸，探索《山海經》所描繪的世界。在故事中，小難會在那一年的盛暑結束、秋風送爽的時節，前往招搖山拜師，開始他的探索與學習。

「南山先生」系列的故事一共有三冊，主要取材自《山海經》中五篇〈山經〉的內容。師父「南山先生」原本是莊稼漢，因緣際會成為大夫，他為人醫治疾病，也醫治心病，充滿睿智能，參透塵世間的煩憂。有緣分的人就能設法來到這裡，各種疑難雜症，都能得到解脫。《山海經》原文中出現的珍奇異獸、奇花異草，都是南山先生的藥方。

招搖山彷彿一塊磁石，不同的人來來去去，小難在師父身邊學了三年，看著師父如何排解，也觀看別人形形色色的人生。南山先生德行如此完美，小難能不能一直待在招搖山，等著不同的人為他帶來不同的故事？不行的，在招搖山的三年，是小難「讀萬卷書」的訊息接收階段，他在那裡聽到的、看到的都是間接的經驗，之後必須有「行萬里路」的歷練。

這樣的念頭是「東海先生」系列創作的發想。東海先生跟南山先生雖然是莫逆之交，但兩人卻是完全不一樣的人物典型。南山先生身體力行道家的思維，無為而治、師法自然，遵循著天道運行的法則，有一種逍遙自在的怡然；若要說東海先生屬於哪一派，應該是更接近重視實效、強調平等互愛的「墨家」。

東海先生來自君子國，那是個全國上下都是彬彬君子的地方，每個人都專精「君子六藝」其一。然而東海先生並不是一個滿口仁義道德的理想主義者，故事中他帶著一把古琴周遊天下。他為人撫琴，不像南山先生一樣無欲無求，而是用演奏換取各種形式報酬。別人送來的東西，多餘的就賣掉，實物生產與物物交換，是基本的貿易經濟。

東海先生崇尚鬼神，所以他能接受旅遊途中遇到種種光怪陸離的事情；他更具有科學實證的精神，所以他與大人國的船夫搭上了線。大人國在《山海經》裡是這麼記載：「大人國在其北，為人大，坐而削船。」在這本書裡，這些坐著削船的人們，因為有高大身軀的優勢，所以是最好的工匠。他們的船隊到不同的國度，為人完成建築工事，賺取報酬、買賣有無，那是神話世界中最初始的「經貿船」。

「東海先生」系列也有三冊，主要取材是《山海經》中八篇〈海經〉的相關內容。第一本《東海先生的不繫之舟》啟航了！請跟著小難搭上這艘大人國造船、氐人國造帆，無論在結構、材料都有工匠巧思的不繫之舟，開始「行萬里路」，探索那些更加不可思議的神話世界。

目次

一　暫別招搖山

午時的陽光耀眼，水面波光晃著亮著，麗麆河彷彿一條碧綠絲綢，一路蜿蜒著流到西海，招搖山正對著船尾，逐漸遠離我的視線。

我不在招搖山上，我在東海先生的船上。

暖暖的春天適合回想，因為無論多麼驚恐慌張的記憶，在這有著和煦陽光的時日想起，都多了一些溫度。師父突然高燒不醒的那個下午，當時我腦子轟轟作響，完全不知道該怎麼辦才好。幾個月前，一個大雪冰封的日子，東海先生背著他的古琴來到藥鋪子，那也是我第一次看到他。

那天白天，師父匆匆忙忙的趕往李其縣官那裡看他的傷勢，完全沒料到天氣的變化如此迅速，出門時天清氣朗，回藥鋪子時風雪如瀑。我們回到藥鋪子，我打了熱水讓師父休息，晚上做了那個不斷重複的夢。夢中，有走不完的山路，走進了山洞，走不出山洞的盡頭，然後那個方臉大耳、虎背熊腰、身材魁梧的人就叫了我一聲——

「小難！」一個非常溫暖的聲音叫我，那是東海先生，他在船的另一頭。東海先生有著粗黑的眉毛，整個腮幫子都是捲曲的鬍子，那些鬍子一綹一綹的盤根錯節，我想他自己也不曾梳開過吧？只是這麼粗曠的外表，聲音卻非常的柔和清亮；不是那種甜美的柔和，也不是鏗鏘有力的激昂，更不是讓人警醒的宏亮。東海先生有讓人覺得暖洋洋的嗓音，不管他高聲的說話，或是低聲的提醒，總讓人忍不住就會豎起耳朵想把每一句話都聽清楚。

「……我們還沒真正離開麗麐河，船隻還是平穩的，你不會害怕吧……」

我坐過幾次船，天氣一熱，家鄉那條小溪也常是我和小玩伴玩耍的地方，何況師父還為我準備了一大袋的「沙棠棗」，那種吃了就不怕水的神奇點心。還好東海先生沒問我想不想師父，假如他問起，說不定我會忍不住掉眼淚，那多不好意思！

我想不想師父呢？怎麼可能不想，這三年多來陪在我身邊的就是師父呀！剛剛，師父送我們到水岸邊，東海先生的船已經等著，這趟行程會兜一大圈，也會到我的故鄉。師父這麼說：「小難，你當了哥哥了，該回家一趟，看家裡有什麼可以幫忙的！」我想念爹娘，但並不是那麼想離開。師父說：「難得有人可以帶著你走這一趟，一年總得看一次父母，回家一趟是應該的。」可是，我還沒學會師父的本事啊！師父看我著急的模樣，微微的笑著：「你這趟順便把幽鴳送

回邊春山。假如家裡要幫忙，你等忙完秋收再回來。」我擔心病剛好的師父，他的身體真的全好了嗎？彷彿知道我的顧慮，師父看著我說：「我這裡幫手還不夠多嗎？」

師父總是想得那樣周到。他知道我捨不得待了三年多的招搖山，也想念好久不見的家鄉，又對東海先生的旅程有著嚮往，我就是帶著這三種奇妙的心情上了船。

我對東海先生的認識，也從那天開始。

那天，我和僕役大哥都不知道怎麼幫師父「治病」，師父全身發燙，燙得像煎藥的鍋子，一動也不動，我的聲聲呼喚他一句都沒回。師父已經是這附近唯一的大夫，我沒有學好他的功夫，不知道如何把脈、如何對症下藥，偏偏李其縣官受傷躺著，雪又開始飄落，不管待在屋子裡或是設法出去找幫手，都不是好主意。

這時，東海先生來了。

之前，我聽師父說起這個朋友很多次，師父說東海先生如何的博學多聞，曾到過很多的國家，遇過很多奇人異士。我以為他跟師父一樣像個莊稼漢，沒想到他個子這麼高大，簡直像個武官。

當他一進門，知道師父生病了，便跟著我來到師父的床前，只是盯著看著，沒說半句話。

「東海先生，您……您能幫我師父治病嗎？」

「治病？這我不會。」雖然我有點失望，但原本就沒指望一個突然走進來的人，就正好能讓替師父把脈診治。

「你們幫我弄個架子，我不會治病，但我能彈琴。」東海先生當時提出這樣的要求，讓我和僕役大哥都非常的驚

訝。都什麼時候了，他還要彈琴？師父不是生病了嗎？琴聲不會吵到他嗎？但我注意到東海先生說這些話時，師父原本緊皺的眉頭，似乎鬆開了一點。

東海先生把簡單的行囊放在客房，吃了幾支水煮的玉蜀黍之後，就開始在師父床前彈奏古琴，從傍晚一直到入夜。錚錚琴聲是屋子裡

新加入的聲音。藥鋪子平時有很多聲音，但除了我胡亂哼唱的小曲兒，從沒有這樣的「音樂」。古琴的聲音很輕，輕到離開幾個房間就幾乎聽不清楚，但這麼輕巧的音樂卻如同空氣一樣充斥著整間屋子，琴聲一下子就跟周圍的各種聲音融在一起。

我當然不懂得東海先生彈奏了什麼，但聽

到曲子中似乎有著溫暖的春日陽光、潺潺流動的溪水，就像是在涼爽的竹林間，我聽著和風吹拂竹葉發出的沙沙聲。樂音在屋子裡流動著，疾風和小蘆花不約而同都待在師父那間房的房門口。琴聲一直沒停，不時有幾個特別高的音，像躍起的魚兒、像草叢中飛出的蝴蝶與蜻蜓，也像從樹林裡竄出了什麼不知名的動物。

如同汩動著的江水，音樂綿綿不絕的流動著，我不自覺的跟著那音樂旋律吸氣、吐氣、吸氣、吐氣……東海先生閉著眼睛專注的彈著，他彈了很久很久，我也不敢去問：「東海先生，我們要準備餐食嗎？」

等到樂聲停頓了下來，安靜的夜晚顯得更安靜了。小蘆花一邊叫一邊回到廚房的小窩，疾風粗壯的三足，用爪子抓刨著石板地，緩緩的踱步回到自己平時休息的地方，牠們移動時發出的聲音，反而如同轟然般的巨響，在屋子裡迴盪。

第二天，師父的燒退了，雖然還是躺著、閉著眼睛，不能回應我們的詢問，但鬆開的眉頭讓我們終於安心了點。

第二天同樣是中午過後，東海先生繼續彈著琴，這次的樂音跟昨天聽到的不太一樣。假如昨天的感覺是春天，那麼今天的音樂就像是夏天，輕快的搖晃著、歡呼著。連著七天，東海先生都在中午過後大約申時開始，為師父彈奏兩三個時辰的古琴，我從來不知道音樂可以治病，但師父的狀況真的就是這樣一點一點的好起來。

師父不吃、不喝、不說話，當然也沒下床，他就是跟著東海先生的琴聲一呼一吸著，我原本擔心都沒進食，對一個生病的人好嗎？但師父的高燒第二天就退了，身體也一天比一天的好起來。沒吃什麼東西，臉色卻紅潤平靜，彷彿食著

空氣中的音樂，就能滋養生存。

第七天，東海先生彈奏時開始吟唱，他不知道用哪個地方的方言唱著一段又一段的曲子。我不得不說，前六天我聽古琴的聲音，就有一種難以形容的舒暢安然感，但古琴搭配著東海先生的嗓音，又更多了一種舒心寧靜的感覺。我在自己的房間聽著輕輕的歌聲和琴聲，好像有什麼安撫著我的心，知道我最近所有的擔心與掛記。東海先生一段一段的唱著，像在說一個長長的故事，我聽著聽著竟然掉下了眼淚。

第八天清早，我還沒從自己的床上起來，就聽到一個久違的聲音，如同以前一樣溫暖又中氣十足：「小難——」

噢，是師父，他正神清氣爽的站在我的床邊。師父完全好了，太好了！

東海先生在藥鋪子待了一整個冬天。冬天來到藥鋪子的人本來就不多，他每天彈琴，跟師父一起說話聊天。我進進出出，斷斷續續聽到他說著那些去過的國家，聽得我的眼睛跟著發亮。

「小難，船要進入主要河道了，你要抓好坐好……」聽到東海先生這麼說，我知道再過一會兒，熟悉的招搖山就會遠得看不見了，我張大眼睛再看一眼。暮春之時，正是招搖山最生氣蓬勃的時候，滿山都是濃密的祝餘草，柔柔密密的像毯子一樣鋪在山坡上、田埂中，到處都是。這是招搖山特有的青草，看起來像韭菜，開著青色的小花，聞起來有一股淡淡的清香。招搖山的人出遠門，會摘一把放在懷中揣著，真的沒東西吃，嚼個幾口就能止住飢餓。祝餘草春天長得茂盛，偏偏其他的農作物也都長得特別好，有瓜果筍豆，誰還要吃青草呢？這樣的寶貝我也摘了一兩把放在袋子裡，沒有多帶太多，因為乾枯了就如同雜草一樣沒用了呀！

遠遠的看，招搖山在陽光下閃著光亮，山上的泥土含著金玉，稍稍挖掘就可以找到各種不同的玉石，若想製作玉珮或是飾品，到處都是可用的材料。遠遠的山、綠綠的山、亮亮的山，招搖山真美，而我正逐漸的離開。

二　不繫之舟的啟程

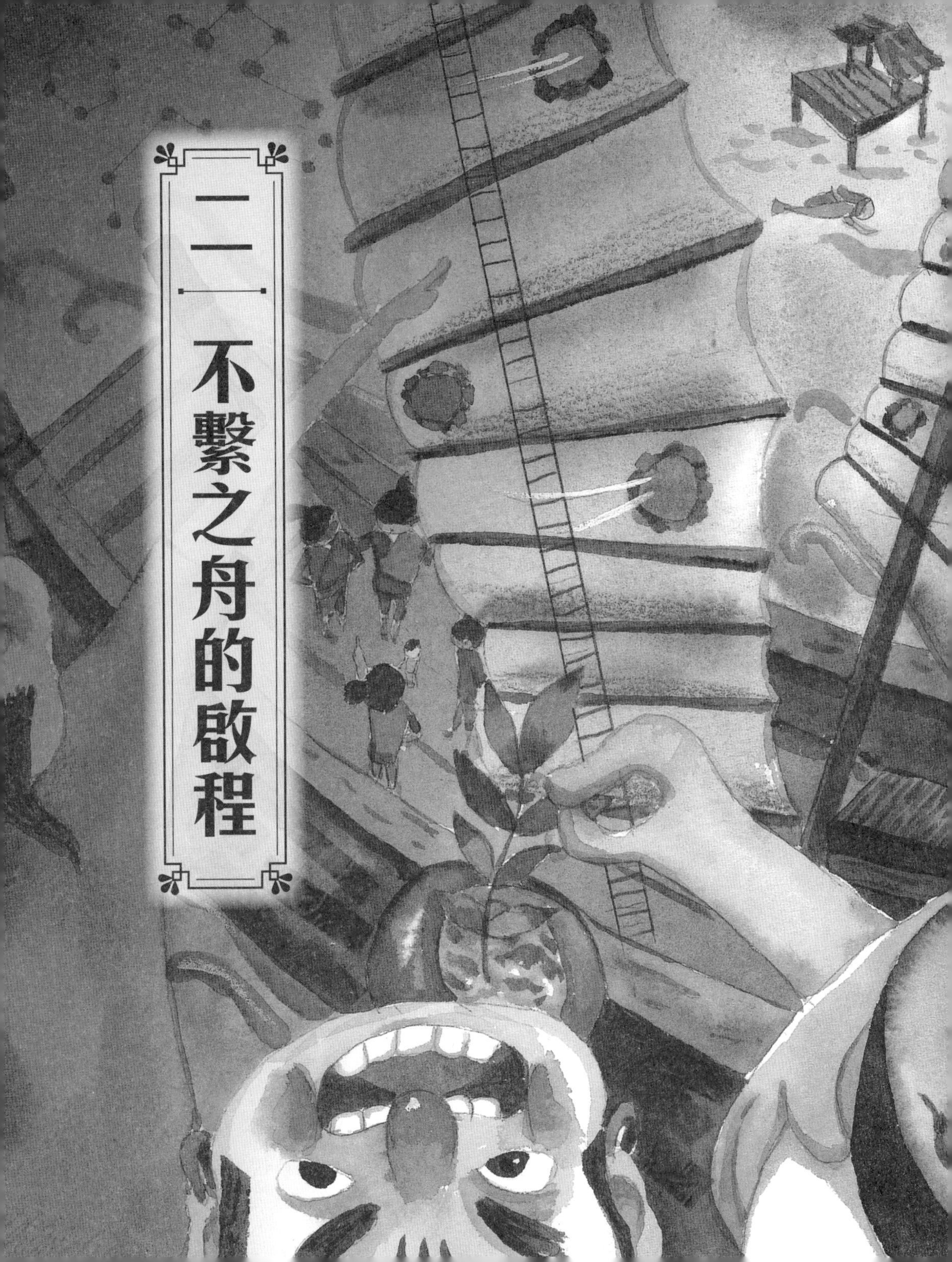

來接東海先生的船，名叫不繫之舟。

以前聽師父說起東海先生，對他的印象就是一位到處旅行的人，到過很多奇特的地方，認識很多奇異的朋友，但心中總是存著疑惑。東海先生是怎麼旅行的？總不會是走路吧？那他是騎馬還是乘船呢？誰幫他駕車？誰替他開船？他為什麼要一直不斷的旅行？

我還有很多的疑問。師父有座招搖山的藥鋪子，為人治病不收錢，但四面八方的病人病好了之後，會自動帶來自己的莊稼，跟師父分享他們一整年的收穫，住在招搖山的人，也會留心師父的生活所需，所以師父不用賺錢，但也不愁吃穿。家鄉的爹娘和親戚鄰居守著自己的田地，田裡長什麼就靠什麼過活。和我年紀差不多的人，假如不種田，會去學木工、學女紅，甚至有人就到其他人家裡做長工，至少能養活自己。東海先生是個四海為家的人，他靠什麼維生？

當然，我最好奇的就是東海先生跟師父是怎麼認識的？既然是那麼契合的朋友，為什麼很久很久才見一次面？來到招搖山的每一天，都有學不完的事情、都有新鮮有趣的事情，太多事情占據我的時間；偶爾聽師父說起，我的疑問才會被勾起，但這種種的疑問，又很快被其他事情掩蓋。我一直沒有機會追根究柢問師父，東海先生到底是怎樣的人。

我對東海先生非常好奇，即使他突然出現，在藥鋪子待了一整個冬天，我對他還是沒有太多的了解。他這麼安然自在的在藥鋪子住下來，幫忙餵馬、逗著幽鴳、撿小蘆花生的蛋，跟著煉製膏滋、整理藥材，當然一天中有很長的時間他是在客房裡彈琴。他沒告訴我們之後要到哪兒，彷彿原本就住在這裡一樣，難道東海先生要長住藥鋪子了嗎？我不敢

問，師父更不可能問。之前也有病人來治病就住了下來，病好又不告而別，師父也沒說過什麼話。

直到有一天，東海先生在彈琴時，一群不知名的鳥兒飛了過來，那些鳥個頭很小，有綠色、藍色的羽毛，看起來像是青耕鳥。牠們不知從哪兒來，一大群從窗戶飛進來，好像知道路一樣，一路飛到東海先生的房間。那時東海先生正在彈奏著曲子，牠們彷彿聽得懂音樂，自動在房間裡的窗緣站成一整排，安靜的聽、輕輕的和著，等東海先生一曲一曲的彈完，牠們才拍拍翅膀離開。

那是十幾天前的事情，我記得東海先生那時說：「鳥訊來報，我的船快來接我了，我要離開了！」

我曾跟著龍叔、毛叔到江上捕魚，那些只在離岸邊不遠處捕魚的小船，是簡單的舢舨，頂多坐兩三個人，就算一個人也可以操控。不繫之舟很大，大到當它靠近招搖山，我從山頂就可以看得到船的身影。

原本擔心我跟著上船，該幫什麼忙？在藥鋪子做的事情，至少是我曾看過的、學得來的，在船上我能做什麼？還好，這些我都不用擔心。我們一踏上船，船上已經有四個壯漢，四位都有又長又尖的招風耳，看起來很醒目。他們手長腳長，孔武有力，烏黑長髮像鋼絲一樣，在腦後紮成一大束，看到我們上船，很客氣的叫了聲：「東海先生——」

「小難，這是從大人國來的船隊。大人國在波谷山邊，他們擅長各種木作，不管多小多小的物件都難不倒他們，我沒見過比他們更手巧的人，這整艘船都是他們的傑作。」東海先生要我叫那四位壯漢：火叔、水叔、風叔、土叔，他們的身形巨大，臉龐的肌肉壯碩，一笑起來嘴就往兩邊咧開，毫無心機的模樣看起來親切柔和了許多。但當我仰著頭想跟他們打招呼，一看到他們，我只能張大了嘴，驚訝得不知道該說什麼。

因為，他們幾乎長得一模一樣！我不禁揉了揉眼睛。看到我驚訝的模樣，其中一位叔叔笑咪咪的說：「你沒看錯，我們的確長得很像，因為我們是兄弟。」另一位叔叔湊過來說了一句：「我們不但是兄弟，還幾乎同個時間出生，爹娘說相差不到半個時辰。」他們全都歪著頭、笑咪咪的看著我，我呼了一口氣，原來是這麼一回事啊！

不繫之舟當然不是我可以操控的，也不是由東海先生來操控，而是這幾位來自大人國的叔叔一起合作。因為是同胎出生的兄弟，他們在航行時會張羅所有事情，彼此默契十足。他們的模樣神似，但各有各的特長。

風叔，是他們四位的老大，對星象鑽研透澈，能根據天上的星星判斷航行的方向。他的眼力很好，仗著個子高大，用肉眼就可以看到十幾里之外。平時，他就像船長一樣發號施令。

火叔，是四位中的二哥，他擅長廚房裡的各種料理，幾乎什麼都可以煮成讓人難忘的好菜。在船上的時候，我最喜歡在火叔旁邊繞，就像跟著師父炮製藥材一樣學做菜。

水叔，就如同他的名字一樣，說起話來滔滔不絕，幾乎沒有讓人插嘴的餘地。尋常的事情經過他的嘴巴，說出來就是驚天動地的奇特之事。更厲害的是，水叔很會模仿各種聲音，不管是鳥叫蟲鳴、各種器物發出的聲音，他都能模仿得維妙維肖。

土叔，是四兄弟中的老么，他有一雙巧手，可以做出許多精巧的小玩意兒。他還擅長園圃之事，小種子、小樹苗交到他手中，就像聽得懂話一樣會好好長大。

東海先生說他都是乘坐大人國船隊的船隻航行，從十多年前搭上大叔們的這艘船開始。這艘船長約五十步，寬約三十步，它的大小大約是幾十艘小舢舨。船上有很多個艙房，其中幾間有簡單的床板和被褥，最小的那間是給我的。船上有三根桅杆，桅杆上掛著扇形的帆，那幾面帆大小不一，船航行時，風帆被吹得鼓起來；當風竄過時，我竟然聽到彷彿有人彈奏樂器的樂音。這幾個月我已經很熟悉東海先生的古琴聲，第一次在船上走動，聽到「音樂」嚇了一跳；那聲音不是我曾聽過的任何樂器發出來的，像是什麼流動著的隨興聲音，不成調的音樂忽大忽小、忽快忽慢，我在那幾根桅杆下站了很久，想知道到底是誰發出來的。

「風這麼大，還有浪，你怎麼不回艙房休息？」風叔稍稍蹲低身體跟我說話。他們四位都太高了，我得把頭努力仰起才能跟他們面對面；後來我發現他們跟我說話時，會微微的蹲下彎腰，讓我不用把頭仰得這麼辛苦。風叔的招風耳垂下緣各有一顆紅色的痣，大小相似，位置也差不多，像兩個水滴，也像掛了一副紅玉耳環。

「我好像聽到有人彈琴，但不是東海先生。」

「是這個聲音嗎？」一串音樂滑過後，風叔俏皮的揚起眉毛。

「是啊，這到底是誰發出來的呀？」

「讓你看看——」風叔索性把我整個人扛在他的肩膀上，這時我可以湊得很近很近，看看眼前的船帆。

「你看到什麼？」

這三面船帆，遠看是白色的，近看才發現這是帶著灰色的白，夜晚在月光下，船帆會泛著微光。我一直以為船帆只是一塊「布」，會因為風吹動而鼓起，風停歇則靜止；船帆帶著船往前，遇到大風也會像曬在曬衣繩或者竹竿上的衣服搖來晃去，但近看才發現這塊「布」的材質很特別，不是麻不是棉也不是什麼草編，摸起來又輕又薄，很有彈性。船帆兩面摸起來手感不太一樣，一面似乎有著粗粗的沙子黏在上面，摸一摸有些扎手；另一面像葉脈一樣有細細的脈絡，密密麻麻的好像有什麼撐著整張帆。

「你用這把錐子戳戳看，可以用力一點沒關係。」風叔從他濃密得像鳥窩一樣的頭髮上，抽出一根小錐子遞給我，我照著戳一戳，咦？怎麼船帆上原本被我戳出一個洞，卻又立刻癒合起來？我不相信自己的眼睛，使勁的戳一戳、扯一

扯、拉一拉，船帆竟然能自由延展，沒出現半點皺褶；即使被我拉到似乎快破了，當我鬆開後一下子就恢復原狀。

「你要不要咬一咬呢？」風叔歪著頭問我。

我知道他是開玩笑，但也忍不住問：「風叔，這風帆原來這麼薄，我還以為很厚呢！為什麼它不怕被風吹破？為什麼我明明拉開了，它又能變回原本的模樣？難道它是活的？這是什麼布料啊？」

「這是請氏人國的鮫人幫我們做的，他們擅長編織，成品可以擋海風、海浪，因為裡面用了很多特別的材料。風帆上面的硬骨，則加入了月光的銀針和魚骨。我們的船會到很多地方，長年累月的在外頭航行，也只有鮫人做的風帆可以撐過所有的大風大浪。」

我聽過鮫人，那是一種看起來像魚一樣的人，他們沒有腳，但有美麗的魚尾巴，住的房子就直接沿著水邊興建，房子一半都在水裡面，當然所有的家具也都泡在水裡。

「氐人國的人不怕水，也不需要防水，他們有尾巴，喜歡在水裡生活，就像魚一樣，不喜歡到陸地上活動。其他的人穿了氐人國的織錦走入水中，身體就不會被弄濕，所以他們便用自己的編織物，跟其他地方的人交換生活中需要的東西。而且他們每個都非常愛唱歌，歌聲美妙極了。因為鮫人對於陸地上的生活特別有興趣，喜歡聽發生在陸地上的故事，所以他們總是不停的唱歌，希望能吸引那些正在海上、江上航行的人到他們那裡作客。他們聽故事聽著聽著就掉下了眼淚，眼淚滴落在海中，就會變成一顆顆的夜明珠，而這些變成夜明珠的眼淚就成為答謝來訪客人的報酬。他們是天生的歌者，歌聲常讓整艘船迷航，只要聽到歌聲的人，都會不由自主的靠近……」

我想起以前在家鄉時，聽過有人只是出海捕魚，居然一年多後才回家，回來時帶了好多名貴珍珠，身體也都健健康康。但他們對自己不在家鄉這段期間發生的事情，都只有模模糊糊的印象，問他們到哪兒也說不清楚，那時村子的大人就會說：「被海龍王請去作客了啦！」原來，那些人可能就是到了氐人國，成為鮫人的座上賓。

「我們大人國的人都愛旅行，只要經過他們那裡，都會被留著不放人，想多聽一點我們去過的地方、看過的奇聞異趣。他們的歌聲有魔力，聽著聽著就會不想離開；我們的招風耳這時就派上用場了，只要我們決定要啟程，就把耳朵上下邊緣拉得更長一點，蓋住整個耳朵，你看，就像我現在這樣……」風叔用力一扯，原本的招風耳變得更長更大，我看到他把耳朵下那兩顆紅痣直接抓著塞進耳洞，就像往瓶子塞上木塞子一樣，忍不住哈哈大笑。

一陣風吹過，船帆又有一段音樂流過，風叔說了這麼多，我還是不知道我聽到的究竟是什麼聲音，所以還是忍不住又問了：「只是……為什麼這些風帆會發出聲音呢？」

「小難，你有發現帆上面的洞嗎？」風叔提醒我再仔細看一看。鮫人編織的帆不易破損，但這面帆上的確有不少的洞，這些洞是刻意挖出來的，大小不一，邊緣都鑲著一圈細碎的寶石。

「鮫人幫我們製作風帆，也特意做了這些孔洞，像笛子的口，按照著不同的間隔排列著。風吹過就會發出聲音，這聲音就像他們平時所發出的歌聲。樂音有兩個作用，一是讓周圍聽到的鮫人知道，這艘船上的人是他朋友，不要故意引過去，免得讓他們的家人擔心；另一方面也是通知附近水域的鮫人族群，萬一我們真的遇到什麼災難，他們也會過來幫忙。當然，鮫人也說希望讓我們一直聽著他們的聲音，心裡一直想著他們，也能抽空去拜訪，為他們說故事。」

又有一陣風吹過，這次我只是用心的聽。那聲音清亮遼遠，帶著神祕感，我也會到鮫人住的氐人國，聽到他們真正的歌聲嗎？這艘船接下來會到哪兒？為什麼大人國的人要到處旅行呢？

「我們大人國的土地，什麼都長得特別快，山上一棵棵巨大的樹木，質地堅韌、輕巧耐水，妙的是，砍完一棵沒過多久，原地又會長出一棵。我們全都喜歡做木工，各種家具、用品，甚至蓋房子，我們都會。當我們砍下大樹，把樹搬回屋子前，就會坐在樹幹中間開始挖，一刀一斧的鑿著，打造能在大江大海航行的船。你想一想，樹長得這麼快，我們造了這麼多船，是不是乾脆就到處走走、到處看看呢？」

聽到風叔說這些，我不斷的點頭，只是船要開往哪裡？如同我對東海先生的疑惑，這幾位大人國的居民，就一直在海上旅遊嗎？他們要靠什麼維生？

「小難，你幫忙轉一下船帆。」風叔把我放下來之後，叫我做這件事情。船帆這麼大，桅杆這麼大，這裡每一樣東西對我來說都巨大無比。他們這些大人國的人伸長著手就可以搆到桅杆了，我怎麼能「幫忙」轉動船帆的方向？

「你轉一轉那個搖桿就可以。」風叔指著一個小小的搖桿：「不繫之舟的每一個設備對你們來說都太大了，所以我們做了很多搖桿、按鈕、拉繩……用不同大小的齒輪彼此牽制著，只要一點點力氣就可以控制船上的各種設備。」搖桿的柄像藥鋪子裡的掃帚柄，我輕輕鬆鬆就能搖動。當我轉了幾圈後，三面風帆同時緩緩的轉動方向，原本一面一面穿插並排，現在靠在一起變成一大張帆。這張大帆迎著風、迎著月光，月光灑下，船帆上那些鮫人特別留下來的聲音小洞，因為周圍的寶石閃閃發光，顯得特別明亮。一個小洞就是一個

光點，光點在船帆上分布著，好像是——

「這是海上的地圖，每一個點就是一個國家，是鮫人特意找來各處不同的海底寶石做成的。我們大人國擅長造船、工事，別人要做好幾年的工作，我們幾天就可以完成，所以這趟也會到好幾個地方幫忙。」原來這就是大人國居民謀生的本事。只

是東海先生不會造船、不會木工，也不會看病，他甚至連莊稼的工作也都不太擅長，他怎麼會跟著旅行呢？

我的疑問還沒說出口，風叔一邊調整船帆一邊跟我說：「常有人會來搭我們的船，我們特別喜歡和東海先生一起航行。無論是從哪裡來的人，無論之前見過或沒見過，只要他一彈琴，似乎什麼問題都可以解決。鮫人的歌聲讓人迷惑、不想離開，東海先生的琴聲卻讓人覺得平靜。」

月光皎潔，映著不繫之舟整艘船輕輕的搖晃。船很穩，有點像搖籃，搖得我有點睏了，我回自己的艙房前又問：「為什麼這艘船叫『不繫之舟』？」

風叔沒有直接回答我，他看著海上的月光，沉思了好一會兒，才喃喃的說：「我們的船離開招搖山，進入大海了。小難，你不覺得這樣無牽無掛、飄泊自由的日子很棒嗎？」

三 結胸國的鸞鸞鳥

地圖上第一個光點，是結胸國，在招搖山的西北邊。上岸時，大人國的幾位叔叔說，他們要到南邊的村子建一座戲臺，大概要兩三天，之後再啟程往下一站。東海先生則說，自己在這裡有個開客棧的朋友，打算到那裡住幾天。

碼頭很熱鬧，一個個壯碩的碼頭工人袒露上身挑著擔子，擔子裡有各種雜糧和活蹦亂跳的魚獲。這裡的人個子、長相跟我們看起來差不多，唯一不同的是他們的胸膛鼓起一大塊，像是把一面鼓背在胸前一樣。高聳的胸膛讓他們走起路來個個得邁著大步抬頭挺胸，看起來非常的威風。工人們挑著重重的擔子，凸起的胸骨被陽光曬得發亮，有人真的在胸前抹上油膏保養，看起來就像面鏡子

東海先生的朋友開的客棧有上下兩層，上層是包廂，下層是一般的座位。一看到我們，客棧老闆驚喜的走過來，「好

久不見了，歡迎歡迎……」不過馬上又小聲的說：「今天要麻煩你們坐樓下了，因為桂大爺把整個上層包廂都包走了。桂大爺高升，兒子又剛娶了新娘，真的是雙喜臨門。等一下賓客雲集，會有很多人來來去去的，要是我忙不過來請不要見怪啊！」東海先生笑著說：「我們不急，你慢慢來。」

我們被安排在門口的兩人小方桌，桌子很小，但這個位置可以看到每一個走進來的人，也可以聽到他們說的話。

來到客棧的人，有的穿布衣、棉麻衣，看起來就是一般的工人、農人，以勞力、苦力維生的；有的身上綾羅綢緞，一眼就知道身分地位不一樣。我發現越是服裝講究的人，他們的胸前越是突出，他們的服裝會特別強調那塊突起的胸骨，在上面彩繪圖騰；有些打扮華麗的女士，甚至會在突起的前胸掛一排長長的寶石裝飾，走起路來那些寶石彼此碰撞，發出叮叮噹噹的聲音。

賓客你一句我一句，說的都是對桂大爺的讚美：

「桂大爺在這個位置一定能讓大家信服，真是實至名歸……」

「村子裡好久沒這麼重要的喜事，難怪大家都想來說恭喜……」

「桂家小兒子的媳婦是個大美女啊，今天不知道會不會一起來……」

他們說的話讓我更是好奇。可是東海先生什麼也沒多說，只是靜靜的喝著茶。

不一會兒，我們的菜送上來了，店小二一邊把幾個小碟子擺在桌上，一邊介紹著說：「今天進了一批好魚，這一盤是蜜漬火烤風味魚，這一碗是加了五辛香料的魚湯，這幾盤是田裡的瓜果蔬菜，請嘗嘗。」

魚？我想到剛剛在碼頭上看到一個個挑夫，他們竹簍裡全是活蹦亂跳的魚，一定非常新鮮。客棧廚房煮的特別好吃，我大口大口的吃，只是盤子裡的「魚肉」不是我熟悉的魚肉模樣，而是一段段上頭切花的肉段，咬起來很有嚼勁，雖然非常好吃，但完全不像我吃過的「魚肉」或是魚湯。

「結胸國的山上到處都是各式各樣的蛇，多到不知該怎麼辦。一開始這裡的居民也像我們一樣養雞、鴨、鵝這類的禽類，但是數不清的蛇，總是一下子就吃掉居民飼養的禽畜。長蛇太多，有時還會爬進屋子裡，讓居民十分傷腦筋。後來居民想到，上天讓這些長蛇長在這裡，必定有其用意；既然這些蛇讓居民養不了雞鴨，那麼就乾脆把蛇當成食物，沒想到竟然是這麼美味可口。所以，這裡菜單上的『魚』就

三碗不過岡

是我們常說的『蛇』，味道很不錯吧？」東海先生說。這麼有嚼勁的肉居然是蛇肉，我又夾了一大塊放入嘴裡。

這時，門口有陣騷動，一位身上穿著官服的人昂首闊步的走進來，後面的隨從扛著兩個用柳條編織的大籠子，籠子上面的大紅刺繡罩子只罩了一半，裡面各有一隻我沒見過的鳥。鳥兒的羽毛是青綠色夾雜著紅羽，顏色鮮豔。我一開始以為這裡蛇太多，鳥類都快被吃光了，所以送出鳥兒就是這裡的祝福方式，沒想到周圍的人看了，先是靜了下來，不久之後發出驚呼——

「這對真漂亮，這是大禮了！」

「鸞鸞鳥要長得這麼大，真的很不容易啊！」

很多人都露出羨慕的眼神看著鳥籠，有人想湊近看個仔細，卻被隨從擋著，這讓我非常的好奇。我伸長脖子站了起來，也想看個究竟。

東海先生小聲的跟我說：「小難，你等會兒要是看得到籠子裡的鳥，就會發現牠們跟一般鳥兒不一樣。結胸國這裡有一種鳥，牠們都各只有一隻眼睛、一隻翅膀、一隻腳……雌雄會費盡功夫找到彼此。只要兩隻湊在一起，就再也不分開，彼此相愛相守絕不靠近人類，所以特別難捕捉。很多達官貴人祝賀新婚夫婦，會送上一對蠻蠻鳥，這鳥也叫比翼鳥，祝福新人永遠比翼雙飛，白頭到老。」

我沒見過蠻蠻鳥，但看師父畫過牠的樣子。之前在招搖山，有村人看到幾隻奇獸，那幾隻都代表了大旱即將來臨，大家為著可能有的天災心惶惶。當時師父給李其縣官的建議就是頒布命令，說縣內出現幾隻奇獸，一隻是四耳猴長右，另一隻就是蠻蠻鳥。傳說中，只要長右、蠻蠻出現了，就代

表著天將降大水。

我記得師父說：「……災難還沒發生，就人心浮動，這樣就算沒有災難也會有禍事發生。先讓人們定心，之後再盡力去做能做的事情……」那時李其縣官有個聰明的朋友，還特意把一隻黃毛大狗，用黑炭畫出豹紋、再黏上一對犄角，假裝是代表即將大豐收的奇獸——狡，聲勢浩大的把這隻假扮的奇獸抬到縣府要領賞金。李其縣官將計就計，收了這個假扮的奇獸，並且圈養在縣府特製的獸籠。獸籠有人看守，圍了好幾圈，經過的人都可以看到，但也都不能靠近確認。大家看到出現祥獸，又有大水的奇獸，對大旱的恐懼就消失無蹤了。

正當大家還在議論紛紛的時候，突然有人歡呼著「桂大爺來了！」「桂大爺來了！」客棧裡幾個店小二更是匆匆忙忙的奔來走去，忙著把東西往二樓包廂送，原本想看蠻蠻鳥的客人，也趕緊回到自己的位置，讓出通道，大家都笑著、等著。到底桂大爺是怎樣的人物啊？怎麼大家都這麼開心？我坐在門口的小桌子，心裡頭砰砰砰砰的跳著，等著即將走進門的人。

沒過多久，一位穿著黃綢質地衣服的人走進大門。一般人像掛了一個鍋子在胸前，而他像掛了兩個鍋子一樣的突出，再加上個子高大，在人群中特別的醒目。這個人的後面跟著幾位家眷，全都態度從容、氣質高雅。這群人雖然沒穿著官服，但身上的衣服材質很好，在燈光下熠熠生輝，精緻的服飾裝扮，顯得貴氣十足。

這一定是桂大爺了吧？果真，客棧主人上前迎接，客氣的說著：「桂大爺，樓上包廂都布置好了，賓客也都差不多到了，請上樓吧！」

桂大爺經過我們身邊時，眼睛似乎亮了一下，東海先生也瞇著眼睛微微的應著。難道他們認識嗎？

桂大爺和賓客在樓上包廂，歡笑聲不時傳到下面。東海先生問我：「小難，結胸國的菜餚大多是火烤、乾煎這類，他們喜歡把食物烤得香酥焦脆，等會兒我們到街上走走，你會聞到每一戶人家傳來的烤肉香。他們用各種不同的醃料先把肉類、蔬菜類醃過，之後插上竹串火烤。這味道跟招搖山很不一樣吧？」

我點點頭，無論在招搖山或者家鄉，的確很少吃這類火烤的食物。娘常說這麼吃會「火氣大」，其實我知道火烤得用很多柴火，那些柴火是要拿來生火煮水、煮飯燒菜，哪能

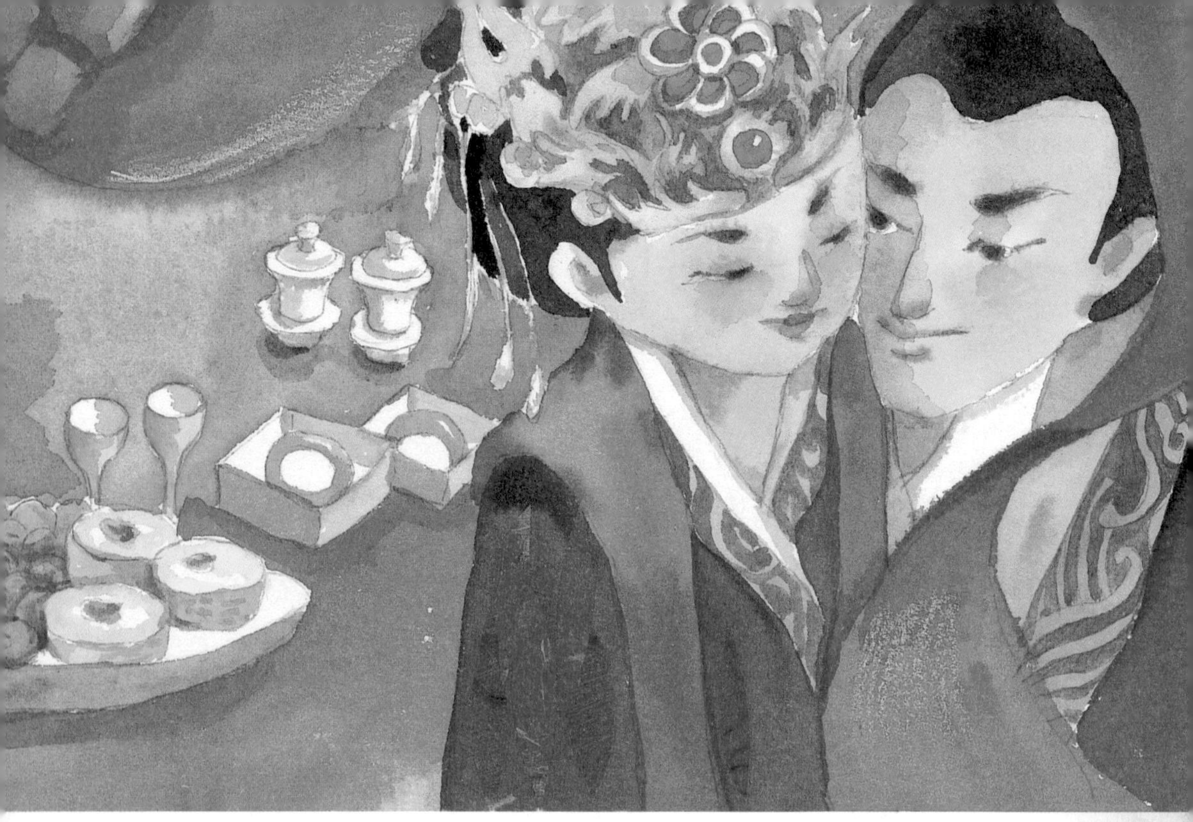

單單烤一片肉呢！

「來到結胸國，各種烤物就是最經典的料理。這裡的人說自己的先祖是火神吳回，他們住的這塊地方就是吳回屍骨埋葬之處。吳回是之前炎帝部落的，你聽過吧？」

我當然聽過。在家鄉時，奶奶是最會說故事的，奶奶的故事都是說那些很久很久很久很久以

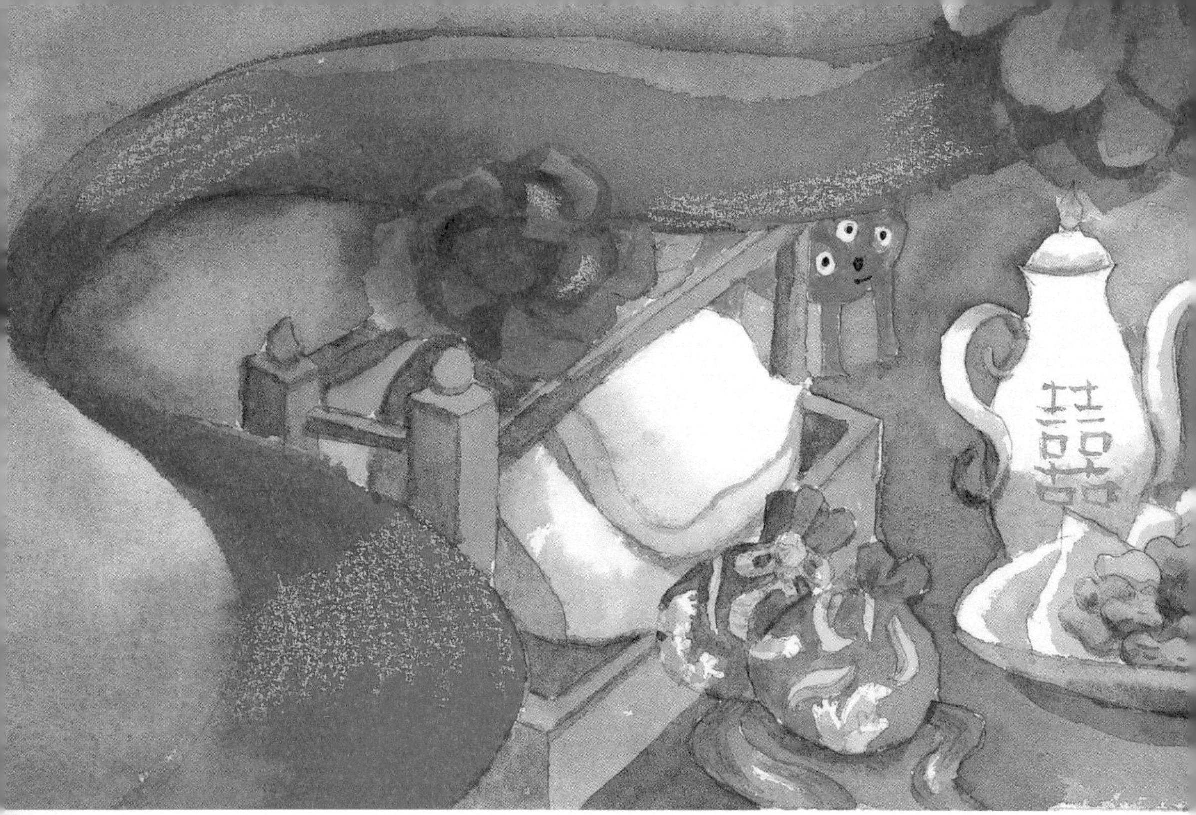

前的事情，那時的世界跟現在不一樣。奶奶說過炎帝和黃帝打仗的故事，她說久遠之前的姜姓人家，遍嘗百草、教會人們耕種，又教人們火耕技巧，讓大家懂得砍伐燒山，取得農地，所以被喚作神農氏，也尊稱為炎帝，是所有人的祖先。炎帝傳了好幾代，後來興起的黃帝為了樹立威信，就跟炎帝部落打仗。這麼一打就把炎帝部落打得落花流水，炎帝只好投降歸順。

那些在家鄉的夜裡，奶奶說故事的聲音和緩低沉，帶點沙啞，伴著外頭的蟲鳴就像催眠曲。

東海先生繼續說：「……吳回是炎帝部落的大將，他當過火官，任職祝融，那時黃帝和炎帝爭天下時，炎帝雖然投降了，但有人還是不服，吳回就帶領著這些人繼續跟黃帝打仗。吳回英勇善戰，一人可抵千軍，可是奮戰到最後還是寡不敵眾，最後成為對方的俘虜。吳回就算變成俘虜也完全不肯屈服，最後他被砍斷右臂，胸骨也被重擊成為『結胸』。結胸國的人對這段過往很自豪，他們覺得祖先有著不服輸、不屈就的本事，所以在這裡，結胸越是突起越受人尊敬。他們隨時都是抬頭挺胸的模樣，一來是身體特殊的構造，二來也是崇敬祖先這段歷史……」

我再次觀察周圍人們的結胸，年紀小的孩子凸起得並不太明顯，隨著年紀增長，胸前的骨頭也會更加向前凸。假如是地位高的人，會特別在服飾上凸顯自己的結胸，看起來就更加壯觀了。

東海先生說這些話的時候，客棧主人過來，小聲的對他說：「桂大爺想認識您，他問可以下來跟您聊聊嗎？」東海先生笑著說：「不用拘泥這些繁文縟節，誰下來誰上去都可以，我直接上去見見桂大爺。」我也跟著東海先生到了樓上的包廂，包廂有幾張桌子，桌子上擺滿了佳餚，一對穿著繡花紅衣的男女想必就是新人，周圍擺滿各式禮盒挑擔，比翼鳥也安安靜靜的蹲坐在籠子裡。

我沒想到東海先生這麼有名，他被請到主桌，跟桂大爺還有新人一起吃飯喝酒，神態輕鬆自在，好像真的認識了很久。不一會兒，東海先生對我招了招手，我趕緊把他的古琴送過去，桂家的人也為他張羅一張桌子椅子。音樂響起，這次東海先生邊彈邊唱，這段音樂我也沒聽過，東海先生用什麼語言唱的我也聽不懂，不過輕巧甜蜜的音樂，讓所有的人都忍不住微笑，我猜一定是在訴說著對新人的祝福。

當所有的人都沉醉在音樂中時，我也終於能靠近籠子，就近觀看那兩隻相遇後就再也不分開的雌雄蠻蠻鳥，因為被關在不同的籠子裡，現在牠們各自往對方那裡挪動身體，隔著籠子依舊緊緊的靠著。當牠們並在一起，看起來就是一隻完整的鳥，有兩隻腳、一對翅膀、兩隻眼睛。

我們離開結胸國時，桂大爺派人把很多的物資和食糧送上船，說那段演出不但新人得到了祝福，兩家的親友也都非常感動，讓宴席錦上添花。當不繫之舟開始航行時，我腦子裡還是想著籠子裡只剩下彼此的兩隻鳥。天空是屬於鳥兒的，鳥兒都是喜歡飛翔的，象徵愛情的蠻蠻鳥，要飛就得找到另一半才能振翅；萬一牠的那一半離開了，該怎麼辦呢？

不繫之舟的自由自在，和蠻蠻鳥的相濡以沫，哪個才是更值得追求的呢？

四 羽民國的神祕禮物

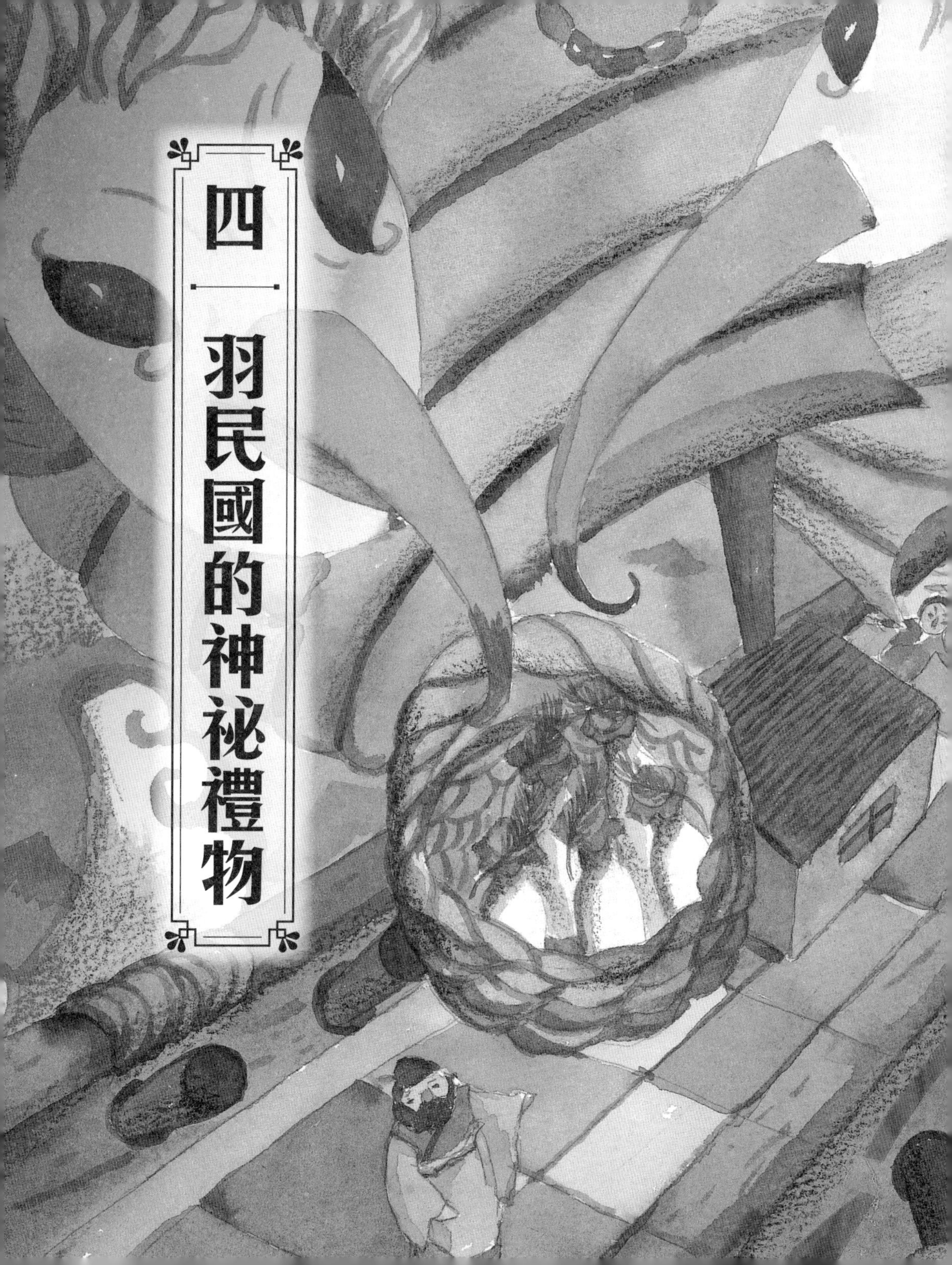

地圖上第二個光點，是在結胸國東南面的羽民國，火叔掌船時特意離岸很遠，似乎完全沒有登岸的準備。

「這次不用上岸嗎？」我問。

火叔點點頭。

火叔說羽民國是個神祕的地方，這次應該又是靠不了岸。其實很少有外國人登上島嶼，因為羽民國一向自給自足，很少外求於人，大人國這些擅長工程的高手，也不曾到那兒幫過什麼。不過他話鋒一轉，又說了一段關於羽民國居民的事情。

「很久以前，我們這艘船倒是載過一組客人，他們曾跟羽民國的人打交道，也認識好幾個羽民國的朋友。據說，那裡的人長相奇特，有著狹長的臉，就像一隻鳥兒一樣。在那瘦長的臉頰上，有一對紅色的眼睛、像鳥嘴一樣尖尖的嘴巴，以及白色的頭髮。聽說那個地方，走在平地上看不到房子，抬頭一看，房子都在頭頂上。他們喜歡把房子蓋在高處，總是選那最高最高的樹梢建房子，或者想盡辦法先做好高高的支架，把房子架高。他們眼力非常好，像鳥兒一樣可以看得很遠。」

火叔轉述那個人提到的羽民國人們的長相，據說那裡的人出生時跟我們差不多，但越是長大就越不一樣。他們身上慢慢長出鳥類的羽毛，背後也開始生了一對翅膀，隨著年紀越長，翅膀也會變得越來越大。他們特別愛惜自己的翅膀，平常喜歡穿特製的披風保護著，不讓翅膀著風受涼。他們終其一生追尋的目標，就是跟真正的鳥兒一樣能展翅高飛。我們一般人，辛苦讀書，有日沒夜的背誦，努力把經史子集存放在腦袋瓜裡，孜孜不倦挑燈夜讀，就是希望哪天求得功名，能夠光宗耀祖。但是那裡的人追求的不是這個，他們會花很長很長的時間練習飛行，努力想著怎樣突破自己的限制，跟鳥兒在天空中分出高下。只是他們的翅膀真的跟鳥兒不同，鳥類沒有手，翅膀就像臂膀一樣強壯有力；但他們的翅膀是長在背後的，能搧動周圍的風，把身體帶離地面，但就是無法順利飛高飛遠。

我摸了摸自己背後的肩胛骨，想像那裡假如長出一對翅膀，會是怎麼樣的感覺。

「喔，對了，那裡的人不愛吃蛋，更不會把蛋拿到供桌上祭拜。」

「為什麼呢？」

「羽民國的人是卵生的，他們生出來就是一顆像柚子一樣大的『蛋』，跟鳥類一樣，要經過孵化之後才能破殼而出。

家裡富有的人會特別準備育雛孵化室，家境普通的就像你看過的鳥兒一樣，用枯草編織成一個碗狀的孵育窩。你說，他們生兒育女的方式這麼奇特，怎麼會希望別人知道！」

因為長相不同，羽民國的人不愛跟別人交流；因為住得高又看得遠，海上有什麼動靜總是搶先知道。羽民國的居民不但不歡迎外來人，他們還會用盡各種辦法興起濃濃的雲霧，把島嶼團團圍住，讓外人從海上看不到島嶼的模樣。他們似乎有召喚波濤的魔法，每次只要靠近羽民國，原本風平浪靜的海相常常頓時變了樣子，一層又一層的洶湧波浪奔向海岸，船隻完全沒辦法靠近。

居然有船隻無法靠岸的陸地，這讓我非常好奇。我睜大眼睛望著水面，想看看能不能找到陸地的影子。

火叔似乎知道我在想什麼，他拍了拍我的肩膀說：「不

用看了，應該是看不到的。除了那次載過那幾位跟羽民國有些聯繫的船客，我們這艘不繫之舟從來不曾真正到過羽民國。好幾次經過這座島嶼，不是風雨交加，就是雲霧茫茫渺渺。有一次因為海上大風暴迷航，不小心闖入羽民國沿海，幾乎要靠近了，沒想到……」火叔說到這裡竟然停了下來，讓我急得趕緊問：「結果呢？你們上岸了嗎？」

土叔接著火叔的話語說下去，他似乎心有餘悸的補充著：「……我們的船很穩，一般的大風大浪都不怕，不過陸地就在視線所及的不遠處，忽隱忽現的島嶼看得到綠樹衝天，我們正以為可以上岸休息，那時居然有一大群大鳥從濃霧中筆直的衝下來，鳥群的數量多得無法細數，來來回回的在船邊衝上衝下。這些鳥就像人一樣大，他們幾千隻從海岸邊的懸崖往下跳，像集體練習跳水一樣。因為這些『大鳥』

的興風作浪，船隻在水面上忽上忽下的跳動，像有人故意在水底抬著船的四周，開玩笑似的把大船抬上抬下……」

在招搖山時，我已經知道世間有很多我們難以想像的事物，我想不一樣就不一樣，有什麼關係呢！

不繫之舟緩緩的航行，離那個光點也越來越遠。這時從東海先生的船艙，傳來他正在邊彈奏邊吟唱的聲音，我聽出其中幾句是這樣的：

悲莫悲兮生別離，身有翼兮，未能高飛。
樂莫樂兮新相知，心無翼兮，欲飛何處？

東海先生這次唱得有點悲涼、有點無奈，和著周圍的海浪拍擊聲，讓人覺得有點感傷。我們的船在濃霧中緩緩的遠離，就在這時有個巨大的啪啪聲從頭頂傳來，幾面船帆也被拍動著，當我還來不及問是什麼的時候，空中出現幾個臉上長著尖尖鳥喙的人，他們睜著大大的紅眼睛，看不出特別的表情。不過，他們遞過一個草編的籃子，裡頭有幾個小瓶子，等最靠近的火叔接過之後，這群人又拍著翅膀飛走了。自他們到來又離開，東海先生的歌聲、琴聲都持續哼唱著。

「原來他們真的長得跟鳥兒一樣！」

不愛見人的羽民國居民，居然特地送來這幾個小瓶子，到底有什麼用意？

「是酒，他們送來的是酒！」火叔打開其中一個瓶子，聞了聞開心的說：「雖然不知道是什麼釀成的，但聞起來味道醇厚，是久釀而成的好酒，他們居然為我們送酒來！」

「無緣無故送東西來，會不會送錯了？還是有什麼特

別的用意？」在家鄉時，家人總是教我不要貪小便宜、不是自己的不能拿、無功不受祿這類的想法，羽民國又不求於他人，為什麼送這些禮物過來？

火叔要我把那籃子提到船艙，放在平時大家吃飯的地方。

東海先生出來，看到那個籃子說：「有人把禮物送過來了吧？」他說得那樣輕描淡寫的，好像什麼都知道一樣。

「一群像是大鳥一樣的人送來的，應該就是傳說中羽民國的人。您認識他們嗎？」

「很久之前曾有一面之緣。他們的人形羽身，一直被誤會是得道的仙人，擁有不死之身，許多接近他們的人，都想從中探得成仙的祕密。這些人無所不用其極，還曾聽說有人千方百計的取得羽民國未孵化的卵，假裝會認真養大視作己出，沒想到一離開那裡，就把卵擊破烹煮吞食……」

羽民國既然是卵生，那麼取得的卵就是還沒孵化的人，怎麼可以就這樣吃掉呢？難怪他們之後再也不信任外來的人。當東海先生說這些時，我看著桌上的菜餚，今天火叔正好為大家準備了海藻炒蛋，我頓時有點吃不下東西。

「其實他們平時的作息，跟我們差不了多少。就拿那酒來說吧，不知道有多少人想得到，因為就是有人硬是說羽民國國境裡的水是特別的水、山上田裡長出的作物有特別的功效，說他們之所以能羽化出一對翅膀，一定也是因為特殊的飲食。你們打開來嘗一嘗吧，就會發現跟一般的酒差不多。」

東海先生說這些話時，火叔打開瓶塞，為我們一人倒了一小杯，我喝不出來是什麼釀成的，但嘗到水果的清甜。

「據我之前聽說的，羽民國的國境之內，有很多架高的棚架，上面長的都是可以釀酒的果實，類似我們種的蔓生的葡萄這類。為了防止變質，他們會把酒加溫並且持續一段時間，之後再釀造發酵。他們對酒有特別的愛好，也會混和雜糧製成的高濃度白酒，聽說味道就是跟一般人釀造的不同。」

「原來是水果酒兌上了糧食酒，一般人很少這麼釀造，難怪我剛一時沒品出來。」火叔一邊啜著酒杯，小口小口的品著，一邊開心的說。跟食物有關的事物都是他喜歡的，剛打開沒能發現釀酒用的材料，讓他有點懊惱，現在謎底揭曉，他看起來開心極了。

我又喝了一點點，味道很香，但我很好奇的想著，人家說不可能空穴來風，總是事出有因。東海先生又不是羽民國的人，他怎麼知道羽民國是不是擁有傳說中的不死之身？

還是說傳聞是真的？只是他們不想太過招搖，所以才故作玄虛，讓大家以為他們跟普通人一樣？

聽了我的煩惱，東海先生沒有直接回答我的問題，而是跟我說起另一個故事。

「小難，你還記得疾風吧？那時你不是聽說，只要抓到像疾風這樣的三足龜，取牠的肉、磨牠的龜甲，這樣製作出來的藥，吃了就能百病全消，長生不老？那時你怎麼想的？」

我當然記得疾風。那時師父病重不能言語，藥舖子裡就只有我和僕役大哥，大家都不知道該怎麼辦，我的確想過要不要把號稱能治百病的疾風，製成醫治師父的良藥。但後來並沒有那麼做，是因為我心裡想著，疾風假如真的能治百病，牠這番本事反倒成為牠的致命傷，自己會先失去性命。

結束一個生命然後換得另一個生命的無病無災，這道理怎麼也說不通啊！

東海先生沒等我回答，接著說：「以前有個皇帝，真的得到別人進貢的『不死之酒』，朝貢的人還說，這酒喝之前得遵循禮法，全國要跟著齋戒沐浴三天，絕對不能有人違反規定，否則就收不到效果。皇帝很想長生不老，立刻通令全國人民跟著齋戒沐浴。不過，當三天結束時，皇帝喚來看守不死之酒的侍衛，卻得到驚人的消息！」

「侍衛已經偷喝了酒，變成神仙了嗎？像嫦娥偷吃了王母娘娘的藥，然後飛上天了嗎？」我自作聰明的接著說。

「小難，你腦子裡的故事還真不少啊，侍衛的確偷喝了酒，但他沒有變成神仙飛上天，他被五花大綁送到皇帝面前。皇帝震怒，想要立即處死他，但侍衛的一番話卻讓他不知道該不該下手。」

我想不透侍衛到底說了什麼，能讓尊貴的皇帝居然沒有立刻賜死，東海先生接著說道：

「侍衛只說，這酒是騙人的，假如是真的，今天他被處死了，那麼這『不死之酒』的名號就是假的；既然是假的，他不顧危難冒險喝了假酒，皇帝怎麼還能處罰他呢？」

我想了好一會才弄清東海先生想說的是什麼，倒是大人國那幾位叔叔一聽完就笑開。

羽民國送來的酒瓶每個都不一樣，酒瓶用陶土製成，上面的封條看起來是加上蠟的棉紙，很特別的是每個瓶子都有一根羽毛裝飾著，羽毛連著一塊軟土，軟土是用來封住酒瓶窄小的瓶口。

當酒喝完的時候，我跟火叔要來那幾個瓶子，把瓶子放

在我自己的房間裡。過了好久，幾個瓶子都還有不同的酒香，那三根羽毛，竟然一天比一天潔白光滑，夜光下看起來彷彿會發光似的。我想起東海先生那時為羽民國吟唱的詩歌，那幾句我唯一聽得懂的歌詞：

悲莫悲兮生別離，
身有翼兮，未能高飛。

樂莫樂兮新相知，
心無翼兮，欲飛何處？

對羽民國的人來說，他們奇特的外貌、那對無法遠颺的翅膀，讓他們也難以真正離開自己的國度，他們的遠大志向會是什麼模樣？假如他們真的能長生不老，那麼一生有多長？會遇到多少人？要做多少事情？就算預約了永遠不用說再見的人生，總還有很多需要面對的生離吧？

那三根在月光下散發著薄光的羽毛，從大到小排列著，似乎想跟我說些什麼，可惜我真的不懂啊！

五 在暴風雨中前行

鮫人製作的船帆不但耐用，還有十足的實用性，船帆上的小洞看似華麗的裝飾，卻是一幅開展的地圖。三面帆的地圖彼此相連，帆上的紋路是海中的洋流，帆上顏色略為深一點的色塊是陸地，到了夜晚，在月光下，那些小點開始跟著透出光亮，那是出了招搖山之後開闊壯麗的未知世界。想知道船隻到底行駛到哪兒，抬頭就可以看得清清楚楚。雖然我不知道哪個點代表陸地的什麼地方，但是每個點都讓我好奇。

有一個小小的光點，水叔說那裡是三苗國。

「我們不上岸嗎？」幾個叔叔都搖了搖頭，土叔甚至非常嚴肅的說：「千萬別招惹他們，三苗國最自豪的，就是自己的祖先擅長征戰，我們一直以來，對這個地方都是避之唯恐不及。」

三苗國的人說自己的祖先，是從前的三苗部落，據說，在很久以前，三苗部落赫赫有名，人數眾多，曾經擁有範圍廣大的領土。他們天不怕地不怕，打起仗來所向無敵，直到跟堯、舜、禹三王的戰爭失利之後，氣焰才漸漸的弱了下來。遠古的三苗之戰已經是很久很久以前的事情，但是三苗國卻還是引以為豪，不時津津樂道，認為自己的骨子裡也有驍勇善戰的因子。

火叔這麼說：「很久之前，我只是跟一位扭到腳落單的三苗國人，在小酒館小酌聊天。我們一邊喝著當地農家自釀的酒，一邊配著店家準備的簡單小菜，原本還聊得與高采烈，不知怎麼，說著說著就說到肉類要怎麼燒烤才能入味。我認為肉類醃製最重要是配料的調製，只要各種材料的比例都恰到好處，肉如何切、該切多厚，那是其次啊！不過，三苗國的朋友卻不這麼認為，他們醃肉時會先在肉片上下功夫，把一塊肉雕花似的切成菱形狀的格紋，說這樣才容易入味……」

好久沒在船上吃燒烤的醃肉，火叔這番話把我肚子裡的饞蟲都引出來了，我忍不住問：「到底怎樣才是對的？怎麼樣燒肉才會更好吃？後來你們談出什麼結果了嗎？」

火叔說：「這沒什麼好爭的，因地制宜呀！像我們在船上，哪有時間慢慢切好刀工？有肉就直接切片放入醃料中，等時間差不多了就直接取出燒烤。假如硬要說哪種好處理，當然三苗國的做法更好，你想想每一種肉都先切出橫直條紋，醃製起來當然更快入味，怎可能不好吃呢？但也要有那時間好好料理，一般人做菜都是等著下一餐就馬上能吃，又不是什麼喜慶宴席的，哪有人這麼講究？」

三苗國的人奉行「得理不饒人」的準則，只要有人稍稍挑起爭端，他們幾乎可以立刻呈現「備戰」狀態，全然得理不饒人。現在的三苗國居民，雖然不全是之前三苗部落的後人，但還是一有機會就想跟別人爭個高下。

三苗國的人都愛吵架、愛打鬧嗎？記得村子裡以前有個很愛找人吵架的霍老伯，動不動就攔住路上的人，為著一點點小事就找人家的麻煩。有回霍老伯到我們家串門子，聊完天拄著拐杖要回家，不小心在我們家門前的斜坡上跌跤了，明明看起來沒怎麼樣，卻說自己骨頭都快斷了，硬要爺爺奶奶賠償。他呼天搶地的大聲哭嚎，聲音驚動了鄰居，爹娘都放下手邊的工作趕過來，那時年紀還小的我也跟著過去。沒想到霍老伯一看到我，就用枯瘦卻有力的手扣住我的手臂，嘴裡還說：「不然，你家這個小難到我那裡幫忙好了，我走

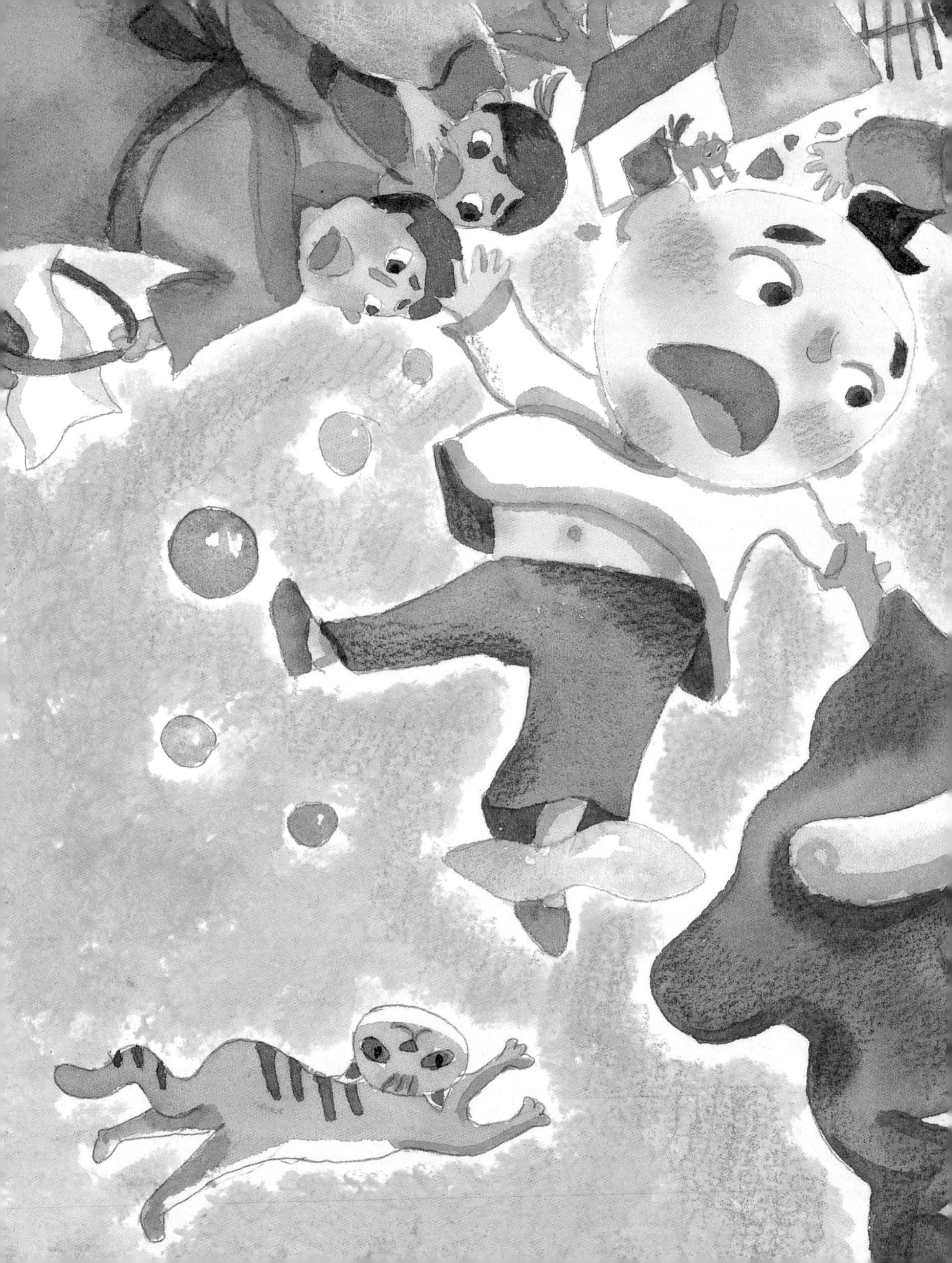

不了，他可以讓我使喚。」以前的我體弱多病，大家都把我看成寶貝似的，霍老伯這麼用力抓，換我大哭起來，他看我是真的哭了，才趕緊放手。

「也許三苗國的人沒有這麼霸道，但他們有個走路的習慣，讓人看了也會心生恐懼，就更少人會想主動跟他們打交道了。」看著遠方的陸地，土叔像在喃喃自語，又似乎是試著想解答我心中的疑惑：「他們走在路上，總是一個接著一個，靠得很近很近，所以無論哪兒看到的三苗國的人，都是一大群一大群的，單單那陣仗就有點嚇人；假如又再跟人爭論是非，那氣勢就更讓人心生恐懼。」

水面風平浪靜，月夜下的三苗國看起來是個美麗的島嶼，我忍不住想問，那個地方的人總愛吵架，假如沒有外人，他們會跟誰吵？他們真的那麼愛爭辯，甚至到了大家不想正面跟他們接觸的狀況嗎？連這幾個好脾氣的叔叔都說這些人不好惹，到底是有怎樣難以改變的執著啊？

當船隻要轉向另一條水道，準備停靠在下一個點——讙頭國時，我看到三苗國天空的上方，映著一大片奇特的光影。

「你們看，你們看！是三苗國那裡發出來的，那是什麼？」那光影從下方往上映照，好像有人在地面打亮什麼似的。

風叔他們一看就知道，沒有太多驚訝的說：「那是在附近的『三株樹』，這種樹在月光下，會發出七彩的光芒。」

「『三株樹』？是三棵樹的意思嗎？」

「『三株樹』不只三棵，它就叫做『三株樹』。這種樹在赤水的上游，跟我們常見的松樹、柏樹有點像，但不知道是不是因為赤水有特別的成分，這樹上的葉子剛發芽的時候還是普通的樹葉，等樹葉長成就變成了珍珠，是真的珍珠；葉片變成的珍珠每一個都不一樣，摘下來的珍珠，可以換成錢。」

「這不是很好嗎？三苗國的人只要把這些『三株樹』照顧好，那就不愁吃穿了，是嗎？所以他們完全不用工作，可以天天找人辯論是非？」

「假如真的這樣，那三苗國的人也不會老是這樣劍拔弩張，偏偏這些樹不屬於他們，只是樹生長的地方，離他們很近。他們從自己的國度，可以看到這些三株樹發著銀光，像彗星一樣，也能清楚看到天邊的七彩珍珠光芒，但只能徒呼奈何。」

「那『三株樹』是誰的？」

「『三株樹』生長的那座山，在讙頭國、三苗國和厭火國三國的交界，因為大家都想要，大家都不好惹，所以三個緊鄰『三株樹』的國家似乎形成一種默契，那就是大家都別動這些樹的腦筋，這也讓樹林因此可以保存原狀，一直留在那座山上。」

「厭火國？禍鬥！」聽到厭火國，我驚呼起來。

「你聽過這個地方？」我點點頭，那不知如何來到招搖山的厭火國奇獸禍鬥，可以噴出火燒毀周圍的東西，又能吃掉自己製造出來的熊熊烈焰。我忘不了當時整座山燒起來無處可逃的驚恐，我忘不了禍鬥，雖然沒去過厭火國，卻對這個地方有深刻的印象。

「我們下一個要靠岸的，就是飽受厭火國之苦的讙頭國……」風叔指著船帆，這幾個國家都離得很近，我已經分不清楚了。

原本以為看到三株樹、經過三苗國，就可以很快的到達目的地讙頭國，但這天傍晚之後，海面風浪突然變得狂烈，不繫之舟在狂風巨浪中顯得特別的渺小。一開始是驚人的颯颯聲，張著的帆被吹得劇烈晃動，好像要被風撕裂一樣，那時我還跟著大人國的幾位叔叔在甲板上，看他們忙著把張開的帆收捲起來。隔沒多久，風似乎更狂烈了，在船上這麼久，我從來沒見過這麼惡劣的天氣。水叔拋給我一捆麻繩，大聲的說：「小難，船舷四邊有四個搖桿，你去幫忙搖到底，再用這繩子固定，快……」水叔平時說話不疾不徐，但這時卻聽出他的慌張。

大人國這些天生的工匠，他們身形高大，可以自由操控大車大船，但他們不是只為自己造船造車，也會為一般人建造。一上船，我就知道不繫之舟上面也有數十個大大小小的省力機關，一般人用一點點力氣，也能熟練的操作。聽到水叔的吩咐，我接過麻繩，趕緊到左側船舷處準備轉動搖桿，這時一波波的大浪把船帶往極高點，又立刻把船摔到極低點，船上的木頭發出嘎吱嘎吱的聲音，似乎就要散成碎片。我也被拋得跳了起來，手中的繩子一下子落入洶湧波濤中，為了搶那捆繩子，我伸長了手，沒想到下一刻就掉進了冰冷的水裡。

「啊──」我不怕水，平常就會游泳，但突然墜海，再加上忽高忽低捲著的浪，讓我措手不及，雙手雙腳完全使不上力。沒入水中前，我聽到驚呼，也瞥見幾個叔叔慌張的眼神，腦海中快速閃過爹、娘，還有師父的影子……在水中我很自然的憋著氣，感覺到自己翻滾了好幾圈，水裡竟然沒有我想像中那麼冰冷，雖然昏暗看不清，但耳朵可以聽到水波攪動的聲音。我沉入水中只有短暫時間，很快的一隻大手抓住我的後衣領，用力一提，我整個人被從水中撈起來。

「小難，要玩水也等天氣好一點再玩呀！」抓起我的是土叔，他沒事似的笑著說，讓我鬆了一口氣。掉進水裡只嗆了幾口水，並沒有不舒服的地方，但居然在眾目睽睽下倒栽蔥似的掉落，讓我非常的懊惱，被撈起來時我還一直想著：「怎麼這麼不小心，明明船舷這麼高，怎麼會從這麼大的船掉進水裡……」腦子裡這些閃過的念頭讓我非常難為情。善解人意的土叔把我抓起來，這麼輕描淡寫的帶過，好像我真的只是一時興起跳進水裡游個泳。

風雨交加，幾位叔叔把船帆捲起，船在海面漂盪著，這

時好像什麼也做不了了。東海先生走出來，看了看完全沒有停歇的暴風雨，看了看幾位全神戒備的叔叔們，他開口問了幾句：

「錨，用上了嗎？」

「浪太大，沒把錨放下，怕被礁石刮壞了繩索。」

「船，會沉嗎？」

「這倒不至於，我們特意用了沙棠木，不容易浸水翻覆。」

沙棠！我記得那位又高又瘦卻非常怕水的苗大哥，他的個子可真高大啊，偏偏對水非常恐懼，就連涉水而過他都會嚇得臉色發白。那時，師父知道他一家原本是河上的擺渡人，靠水而生，原本也有如同水中蛟龍般的身手。但一次意外讓他失去家人，自己也差點溺水，這讓他再也無法接近水。

師父給苗大哥的方子，就是我之前一直當成零嘴兒吃的沙棠棗。

聽到船的木料用到沙棠木，我突然想到，之前曾經吃過那麼多的沙棠棗，難道，其實我根本不會溺水？

「那麼，船，會撞到什麼東西而沉沒嗎？」

「這一定不會的，船的外圍我們加上防撞的軟木，那些軟木又輕又厚，撞擊到礁石可以吸收絕大部分的力量。我們也在底艙隔出幾十個水密隔艙，就算真的撞上，只有那個隔艙進水，其餘的還是能確保船穩穩的浮在水面上……」

「那何必擔心呢？」東海先生淡淡的說著，彷彿這場暴風雨並不存在。

「擔心您和小難會不舒服……」

「小難，你會不舒服嗎？」

東海先生轉頭問我，我搖搖頭。一開始船的大幅度搖晃，我的確有點不舒服，但久了似乎也習慣了，船隻忽高忽低，似乎也有它的節奏，並沒有太不舒服的感覺。

「都到船艙躲雨吧，總能等到風平浪靜。」東海先生說話的聲音很輕，但卻有一種不容爭辯的威嚴，大人

國的幾位叔叔彼此看了看，最後大家都回到自己的艙房休息。

黑暗的風雨中，不繫之舟被大海拋上拋下。我躺著很快就有了睡意，這時我聽到非常輕的琴聲，東海先生居然這個時候還有彈琴的閒情！那段樂曲相當輕鬆，儘管不繫之舟此時正在巨浪中，聽了樂

音，似乎就像在平靜的水面，有一股緩緩的洋流推著船隻前行……

六 讙頭國的熱鬧筵席

當我醒來的時候，金色的陽光已經把整片海水照得亮晃晃的，幾位叔叔正準備把帆重新張起。經過一夜暴風雨，船隻被仔仔細細的沖刷過，看起來簇新發亮。甲板上有一些不知哪兒漂過來的樹枝雜物，我幫忙收拾整理。這時的微風、陽光、平靜的海洋，跟昨天晚上完全不一樣，暴風雨果真在黎明之後停歇。

不繫之舟正朝著一塊陸地前行，遠遠的，已經可以看得到那比海平面略高的褐色區塊，無論岸邊是岩礁、青山、草原……從遙遠的地方看過去，都是這種朦朦朧朧的褐色。船往陸地越靠近，我也更能用肉眼看到岸邊的事物，看到居民的樣子，我張大了嘴，驚訝萬分。那些人一個個臉蛋狹長，長著像鳥兒一樣的臉，鼻子之處長出的是尖尖的鳥喙，鳥喙底下是嘴巴，這長相不就是之前那幾位叔叔說的，沒有人曾經真正去過的羽民國的人民？我們在暴風雨中兜了一圈，又繞回那裡了嗎？不是說羽民國居民幾乎不會跟人交朋友？為什麼這些人看起來像是熱烈歡迎的陣仗？這是怎麼一回事？

我疑惑的看著站在我身旁的火叔，他對我眨眨眼，悄聲的說：「小難，讙頭國快到了，我們要上岸了，還記得吧？原本幾天前就要到達，因為那場暴風雨拖延了，所以他們才會都來迎接我們。」

原來這裡是讙頭國，不是羽民國。只是讙頭國的居民，怎麼跟羽民國的人們長得像那麼像呢？不過，當我們要上岸時，我看到這群歡欣鼓舞歡迎我們的讙頭國人們，雖然也是長著鳥兒一樣的臉孔，穿著一般的棉痲衣服，但眼珠子、髮色是黑褐或者灰褐色，跟之前看過的羽民國居民不一樣；

羽民國的居民有紅色的眼睛、白色的頭髮，他們後背長著翅膀，他們能飛，卻飛不遠、飛不高，終其一生都在研究怎麼讓自己能真正的飛起來。讙頭國的居民他們的翅膀跟我想像的很不一樣，那翅膀也太長了！又瘦又長的翅膀，上頭有稀疏的羽毛，他們把翅膀收起來拄著地走路，好像拿著兩根拐杖一樣。

一上岸，這裡熱情的人們立刻簇擁過來，對著我們每一個人都喊：「師父！」幫著把船隻靠岸、幫著搬東西、還提著水壺水杯為我們斟上好茶。其中一個個子最高的，拄著自己的「翅膀拐杖」走過來，對著東海先生說：「東海師父，又是好久不見了，歡迎歡迎，這次能待久一點嗎？我請來了好幾位稀客，您也來認識認識。」對方非常客氣，東海先生也微微的欠了欠身說：「丹朱兄，真的好久不見了！這幾位的工事應該十天半個月都做不完，這段時間要叨擾你們了！這是跟著我來的小徒——小難，他搭上這艘船，一方面讓他見識五湖四海的風土民情，知道天地底下還有遼闊的世界；另一方面，我也受人之託要順道送他回鄉。」東海先生介紹完之後，我也趕緊有禮貌的打招呼：「丹朱先生好！」

有幾頂轎子過來，抬轎子的人同樣也是鳥形人身的大漢，轎子上裝飾著花朵和鳥羽，看起來非常豪華。進去之後，一片草編的簾子就拉了下來，這是我第一次坐轎子，以前爹娘都說：「自己有腳就要自己走，怎麼還要叫人抬著走？」在家鄉，走遠路會騎馬、坐馬車，也只有真正年長到走不動的人，要到那馬車都過不去的地方，才會安排轎子。

我和東海先生坐同一頂，在轎子裡，我才稍稍對這個國家有多了點認識。東海先生說，讙頭國跟羽民國的人，都同

樣是半人半鳥的形象，一開始很多人都弄不清。但羽民國的人，紅眼、白羽的外型很特別，再加上天生不愛跟人打交道，所以極少有人曾跟他們有過互動。讙頭國則是天生好客，他們喜歡廣交五湖四海的朋友，這裡幾乎每隔幾天就有熱鬧的筵席，來到這裡的人都能得到最好的招待。

讙頭國的人長得像鳥兒，尖嘴窄臉，還有一對翅膀。他們的翅膀比羽民國人的還要醒目，卻完全不能飛。隨著年紀越長越大，這翅膀總像多出來的一部分，顯得很累贅，有人走著路都會被自己的翅膀絆倒，大部分的人都只能拖著翅膀，像撐著拐杖一樣。

東海先生說讙頭國的人很熱情，他們自稱是堯的後代，因為堯把君主的位置禪讓給舜，他們的祖先反抗失敗之下就投海而死，魂魄便化作鴸鳥。鴸鳥是「人頭鳥」，兩隻鳥爪像人的雙手，之前在招搖山時，我跟師父就在山上看過這種鳥，那隻鴸鳥還朝著我吐舌頭！師父說鴸鳥並不受歡迎，因為傳說中，只要這種鳥出現，就代表賢德的君子要被小人陷害。讙頭國的人從來不諱言自己的祖先是鴸鳥，也知道鴸鳥給人的印象是怎麼樣，所以他們用盡一切的方法，展現對所有人的友好良善，就是想扭轉別人刻板的印象。

「傳說歸傳說吧？我們的祖先還是堯的兒子呢，就算他曾經密謀造反，曾經投海自盡，那也是很久很久以前的事情了！」讙頭國的人總是開朗大方的談著這個傳說。

他們展現出的友好，就是永遠歡迎來自各地的人到這裡做客，也經常舉辦大大小小的筵席，這份熱情，我在第二天的接風宴上就見識到了。在面海的大廳中，排著一張又一張的桌子，我們每個人都分配到一張。筵席上不單有我們，還有來自其他地方的人。

其中，坐在我對面的幾桌人，我不知道該說他們是一個人？還是三個人？因為他們的身軀上，是三個頭。之前，我曾把平逢山的山神驕蟲，當成跟我一樣年紀的夥伴，還叫他「雙兒」。雙兒頭上有兩個腦袋，但這兩個腦袋像是孿生子一樣，長得幾乎一模一樣。坐我對面的那幾位「三頭人」，他們每人都有三對眼睛、三張嘴，每個頭的長相還不一樣。「三頭人」只有一雙手，一次只能照顧一張吃東西的嘴巴，當一個頭在咬著，另外兩張臉就眼巴巴的看著，嘴饞模樣連我都看得一清二楚。有時，那人的手還在忙著把肉片切塊，三個頭就彼此竊竊私語的交談著；或者兩個頭分別轉到不同的方向，跟左右鄰桌的人說話，另一個沒人搭理的頭，就半閉著眼睛打盹……大概我盯著人家的模樣太明顯了，招待我

們的丹朱先生直接為大家介紹：

「這幾位是三首國的貴賓，他們每個人都有三個腦袋、六隻眼睛，個個都是聰明絕頂。我們還得再找兩個人，才能勉強說自己是『三個臭皮匠，勝過一個諸葛亮』，他們一個人就夠了。」

有人喝采著：「這倒好，你們真的得天獨厚，若說要念書，誰也比不過你們。別人看書看累都得睡個覺，你們輪流睡，輪番看書，永遠不用休息，誰能比得過你們？」

這番話讓大家哈哈大笑，有個三首國的人起身打躬作揖，端著杯盞跟大家敬酒，客氣的說：「三個腦袋想的事情是三倍，煩惱也是三倍呀！」當他中間那個頭說話的時候，另外兩個頭也不住的點頭。

有個人問了個問題：「我們一個腦袋、一個身軀，就常常有腦袋想了整夜的計畫，隔天一早，身體卻犯懶不聽使喚，你們怎麼辦呢？身體要聽哪個腦袋的指揮？就拿你剛剛說的那段話好了，到底是哪個腦袋想的呢？」

這次，換他的另一個頭說話了：「我們三個腦袋想的事情都不一樣，的確會像您想的那樣，要說話前，三個腦袋會先討論好一陣子，之後才決定怎麼說。不過除非是遇到那種難以解決的大事，否則通常到最後都能口徑一致，不然我們可就麻煩大了。」

又有個人好奇的問：「話說出口前，三個腦袋都要商量好，你們這真的是徹徹底底的實踐了凡事都能『三思而後行』了。只是，總有商量了半天還沒得個結果的時候，或者有哪個頭想的事情，就是跟另外兩個不同，偏偏又不肯妥協，事情都迫在眉睫了，那怎麼辦呀？」

三首國的人說話非常幽默，他竟然這麼回：「如果真的有那種狀況，我想我們會矇住那個意見不同的頭……」在大家又是一陣哄堂大笑時，三首國的人把酒杯一飲而盡，正要坐下，又有人問了：「只有一張嘴巴嘗到味道，那另外兩張嘴巴怎麼辦呢？」

「我們雖然是三首，但還是只有一個身子啊，要是三張嘴巴都拚命吃，不就變成大胖子了？就不是各位現在看到的這副模樣了。」

讙頭國的主人很能把氣氛炒熱，他和那幾位三首國的賓客一搭一唱，似乎只要三首國的人說了話，就能引發笑聲，大廳的氣氛熱鬧極了。每位賓客桌子上的食物都不太一樣，我們這裡的是五穀雜糧、燒烤的肉類……讙頭國他們的桌子上是一些青綠色的蔬菜、魚蝦貝類等，還有人的桌上是小蟲、蛇類、蛙類這些食物，每個人都大口開懷的吃著。

不過我注意到坐在最外邊的那個人，皮膚黑得發亮，連他桌上的東西也都黑漆漆的像木炭，我努力回想著，師父是否曾經說過哪裡的人，最愛的食物就是木炭呢？只是我怎麼也想不起來。那人看起來也很隨和，聽到有趣的地方，也咧起了嘴，只不過才那麼一眨眼，我看到他的嘴巴冒出小小的火苗。是我的錯覺嗎？還是吃了什麼熱呼呼的東西，哈出來的氣呢？不過，當主人又說著另一件更有趣的事情時，全場的人都笑得東倒西歪，這個坐在最外頭那張桌子的人，他張嘴大笑時，嘴巴竟然像火把一樣噴出了火焰。

那人的座位離得很遠，但還是引起了一陣驚呼。主人似乎很有經驗，那人的火焰一起，主人就一邊說：「我們的貴客又忍不住了！快——」一邊指使著自己的僕人。只見幾個僕人從另一個方向抬著一個大罩子衝過去，那人也立刻坐進罩子裡，火焰很快就熄滅了。當那人在罩子裡時，主人跟大家介紹：「這位是厭火國的貴客，我們兩國距離很近，平時常互有往來。他們身手矯健，是我們遠遠比不上的，他們一激動就噴火，開心、生氣、發愁、歡喜……這些全都藏不住的，是個十足真誠的朋友……」

不過只一眨眼的時間，火熄滅了，剛剛待在罩子裡黑黝黝的人走出來，對著大家又是彎腰又是拱手的，直說不好意思。當他走到我們這桌時，我才發現他的個子很瘦小，雖然是大人，但只比我高一點點。

厭火國的這位叔叔，遠看黑黑的皮膚像故意用黑墨塗過一樣，但近看才發現黑色的皮膚不是墨黑，而是帶著光亮的漆黑，黑得油油亮亮的。這位叔叔的長相有點像猴子，看起來就像隨時咧著嘴微笑。他們又圓又亮的眼睛，讓人打心底就感受到真心誠意。也許在一群大人中我的身型看起來也特別嬌小，這位厭火國來的叔叔，伸出他的手拍拍我的背，黑得像木炭的手不像木炭一樣硬梆梆的，是跟我們一樣有著柔軟溫暖的觸感。

我想到那大鬧招搖山的禍鬥，之前無論是李其縣官還是林大哥、傅大哥描述的怪獸禍鬥，都是極其可怖的模樣；厭火國的先生看起來這麼斯文，他們怎麼能在家裡養著「禍鬥」這樣的吃火怪獸呢？

讙頭國這裡除了有厭火國這個不時會噴火的朋友，在鄰近的山上還住著一種叫「華方」的鳥兒。厭火國的人至少還是人，就算引出了火，不是自己儘快的撲滅，就是趕緊提醒別人幫忙滅火。而華方這種鳥兒生長在附近的章峨山，長得

長得像紅鶴，有著紅色的羽毛、白色的鳥嘴，但只有一隻腳。華方鳥生性頑皮，當然聽不懂人話，哪裡有人正在生火煮東西，牠們就會好奇的抽出一段燃著火焰的柴薪，啣起來飛一小段之後，就隨意往下扔。讙頭國的人儘管非常懂得如何

滅火，但也難免有疲於奔命的興嘆。

我們在讙頭國待上十幾天，幾位大人國的叔叔們展現他們工匠的本事，為這裡做了幾種不同的防火工事。在招搖山那次所使用的滅火方式，是用泥漿、用水袋，以趕盡殺絕的方式把火撲滅。

在這裡不是用這樣的方式，他們教這裡的人把屋頂挑高，用陶瓦代替原本的稻草鋪設屋頂；他們用雄黃摻著石灰做成塗料，把原本屋子裡的木料梁柱全都刷上一層厚厚的塗料；當然，他們也為讙頭國的人做了很多頂輕便的防火帳，這樣厭火國的人聊天聊得開懷，不小心噴火時，輕便的防火帳只要一個人就可以立刻打開。

風叔他們工作了十幾天，我則是跟著東海先生參加了好幾個不同的筵席，都受到同樣熱誠的招待，似乎每一個人都認得東海先生，當他在筵席中彈著不同曲子時，那嘈雜的場面總是頓時變得安靜沉穩。

十幾天後工程結束，當我們要上船時，一開始來迎接我們的那位讙頭國丹朱先生，和東海先生彼此攙扶著話別。我聽到丹朱先生聲音哽咽著，似乎對這離別相當不捨，丹朱先生道別時流了兩行淚，他還這麼說：「您哪時要回自己的國家？到時請捎個信給我，我一定親自到君子國跟您會面。」

七 戴國的弄蛇人

東海先生是君子國的人？君子國在哪裡？師父那次病重之前，我只有聽過師父說起東海先生。雖然我知道很多人的長相跟我不一樣，但東海先生的長相就是一般人，我從來沒想過東海先生可能是別的地方的人。師父知道東海先生是君子國的人嗎？為什麼在船上這麼久，東海先生都沒有特別跟我提到這件事情呢？我的心中有好多疑問，但我不是那種喜歡打破砂鍋問到底的人，在藥鋪子的那幾年，我學會的其中一個本事就是先沉著的觀察、思考，我想等更恰當的時機再問東海先生關於君子國的事情。

不繫之舟繼續航行，上次那場暴風雨的記憶猶新，當時剛在讙頭國靠岸時，船上還有許多泥沙、枯枝，原本的繩索也破舊不堪。不過現在整艘船都整理得乾乾淨淨，桅杆上的粗麻繩也換成全新的，當土叔把船帆張起，船便順著風浪前行。隔了這麼久再次登船，我的感覺就像剛離開招搖山時，心中充滿了期待與歡喜。

風叔看了看帆上的光點，他說根據現在的風向，我們會先到載國，之後再到貫胸國，再之後也許會經過不死國。

會經過東海先生的君子國嗎？我還是把這問題放在心中。

除了船帆上的光點，可以讓我們知道船隻現在航行到哪兒，不繫之舟上還有一群鳥兒，牠們有著綠色、藍色的羽毛，非常小巧靈活，就像青耕鳥一樣。牠們平時停在船舷上，有時卻不知飛到哪兒，但是當船接近陸地時，牠們會突然聚集在船上，好像商量好似的，之後搶在船隻要靠岸之前，先到那個地點報訊。

風叔說：「這些鳥兒是大人國常見的無名鳥兒，在大人國的樹林間都可以看到牠們的蹤跡。但很奇怪的是，自從不繫之舟開始下水航行，這群鳥兒就跟著上來了，還自動當起了『報訊鳥』。」

「其他的船隻沒有這些鳥兒嗎？」

「沒有，我們那兒還有更多厲害的工匠，他們造的船有的甚至比不繫之舟更大更穩，但從來沒聽過有鳥兒跟著船隻跑……」

「為什麼會這樣呀？」

「我們也猜不出原因，唯一的可能就是——不繫之舟的首航，當時包船的客人就是東海先生。那時東海先生一上船，把帶來的東西安置好，就在艙房中打開琴袋開始彈琴……他一邊彈，這些鳥兒就一隻隻的飛過來停歇著，好像聽得懂什麼似的。」

「我的耳朵長出來只是好看而已，根本聽不懂其中的差異。平時我們那兒的老爺爺也會拉拉琴、吹吹笛子什麼的，我實在聽不出東海先生的樂音有什麼不一樣。」火叔一邊說還一邊拉扯著自己的耳朵，看起來似乎有點懊惱的樣子。

「我也聽不懂。雖然我能模仿很多獸類、鳥類的聲音，當我到別的國家，當地人說的話語，我多聽幾次也就能很快的學到一點點皮毛，但我還真的不懂東海先生音樂中的魔力到底在哪兒？我們只能猜測，可能是因為東海先生來自君子國？他們的音樂會讓人聽到不一樣的感觸？」

風叔又說到君子國，我的好奇心已經滿出來了，終於忍不住問：「君子國離這裡很近嗎？為什麼東海先生不待在自己的國家，要這麼長年在海上到處旅遊？他到底靠什麼維生呢？」

「君子國在鄰近的那片海洋，這次也會經過那兒。東海先生並不是不回去，他只是更喜歡跟著船隊到處看，我們這艘船就為他準備一間專用的艙房。你說他靠什麼維生？看起來他似乎沒做什麼生產或勞力的工作，但只要他跟著我們，上岸時都有當地的人等著聽他彈奏，東海先生從沒說要多少報酬，當地人總是想盡辦法送來一箱箱的物資食材，把我們船上的倉庫都填滿了，有的甚至多到可以到下一站做買賣。這算是貿易之道吧？」

不繫之舟在載國的海岸停下，這裡在三苗國的東邊，兩國之間沒有高山、沒有河流阻隔，所以他們在邊界種了一整排高大的荊棘，有一種決定「老死不相往來」的宣示。之前聽過關於三苗國驍勇善戰又好爭辯的個性，誰受得了這樣的鄰居呢？

　　戴國來接待我們的人，看起來特別的彬彬有禮，他們說話文謅謅的，似乎只有東海先生能跟他們對得上話。這裡的人皮膚比我們要深一點，是一種接近黃土的黃，他們戴著帽子、束起頭髮，衣服也很講究，當他們請我們上岸時，又是一番「之乎者也」的客套句子。平時說話不拘小節、有點沒大沒小的我，這時也不由得把背脊挺直，變得拘謹起來。

　　戴國接待的人，派了車子把我們送進準備好的招待所，並客氣的說：「幾位先生旅途勞頓先事休息，工作慢慢來無妨。」戴國的街道整整齊齊，有各種的商鋪，穿梭的人們都是笑容滿滿，一副安居樂業的繁榮景象。車子來到鄉間，一片片的田地種著不同的農作物，各式各樣繽紛的色彩，看起

醋

來今年一定是收穫滿滿的。我想著要是家鄉的田地每年都是這樣豐饒的景象，那麼就不會有人從小要被送去當學徒，好好耕種自己的田地就能溫飽。經過這些肥沃的田地，我特別注意到有些農作物上長出的，不是我常見的瓜果，而是奇形怪狀的東西，那到底是什麼？馬車駛得很快，我來不及細看，卻也不知道該怎麼問起。

風叔他們這次到載國，要完成的是一個「弄蛇亭」。

載國人無論說話的語氣、待人的氣度，看起來就跟我印象中的書生或是私塾裡老師一樣，展現一種渾然天成的優雅。他們說話清楚有條理，就算有人不耐煩，他們也能微笑應對。我們抵達的第三天，大人國的叔叔們去工作，載國的接待者，邀請我和東海先生去看他們狩獵。他們每個人都帶著自己的弓箭，每一把弓都精雕細琢，好像傳家寶一樣的精緻。當他們拉弓射箭的時候，那英姿就像要考什麼武狀元一樣。有個人把手上的弓遞過來給東海先生，東海先生搖著手笑說：「這我不行，還是罷了，可別讓您笑話了。我國有擅長弓箭的，他們也許才能跟您一較高下。」那人聽了也不勉強，收起自己的弓，又說了一些話似乎要幫東海先生解圍：「君子國是泱泱大國，禮樂射御書數各有精通之人，我們相較之下，真的成了雕蟲小技了。」

這時，有個到遠處撿拾獵物的人跑回來，肩上扛著的是剛剛中箭的一隻小山羌，不過手心裡小心翼翼捧著的，卻是一條藍黑斑蚊的小蛇。

「你們看，剛剛在草叢中發現的！」小蛇在那人溫暖的手心中，捲成一小圈。

幾個戴國人都圍過來看，他們討論著小蛇的花色、外型，好像談論什麼珍寶一樣。我也湊上去看了看，我在家鄉看過很多不同的蛇，大抵都是灰撲撲的顏色，假如是那種特別鮮豔的，那可能有毒呢！看到蛇，大多數人都是敬而遠之，誰知道這種長蟲會不會突然咬你一口？假如牠有毒，那一定吃不消吧？戴國的人卻不同。

他們很熟練的找了樹枝、長草葉，簡單的編了一個籠子，現在小蛇有了自己的空間，從原本警戒的一小團，慢慢的放鬆，在籠子裡自由伸展身軀。這蛇真小，看起來不到兩扠，又細又長，顏色可真漂亮啊！

「東海先生，晚上要不要來看看我們弄蛇人的表演呢？這新興的表演，只有初一、十五才有喔。」

戴國人擅長操弓，他們長年練習射箭，幾乎能百發百中。別的地方的人假如有這等神功，那麼一定會成為專業的獵戶，就能靠著捕捉野獸、販賣獸皮維生，但這點在載國是行不通的，沒有人想把日子過得這麼複雜辛苦。

「我們這裡的人過慣了安逸的生活，年輕時都想著要出去闖盪，似乎總覺得『人不輕狂枉少年』。但真正像您一樣踏出國境之外的少之又少，因為天底下再也沒有像載國境內這等得天獨厚的地方。你說是上蒼特別送上的福分也好，說是上天為了什麼原因，

特意要我們守著這塊土地也好……」戴國人說這段話時，心中似乎有許多說不出來的感慨，透露著一點點的悲涼，只是我還是聽不出為什麼。

「東海先生，今天正好是十五，您和您這位小徒一起來吧？弄蛇人他們總有新的花招，我們是怎麼看都不會厭煩，今天晚上去接兩位好嗎？」

我看著東海先生，期待他點頭頷首，果真他輕輕的點了點頭：「那就煩勞你們了……」

「一點都不麻煩。不過你們的衣服都舊了，得找件新衣服，等會兒到衣物商鋪幫你們挑選。」

我摸了摸自己身上的衣服，這件衣服是從招搖山帶過來的。我當然不會自己做衣服，山上那些嬷嬷、嬸嬸都會幫我做，不過我又長大了不少，這粗布做的衣服看起來真的是舊了。

䰾國的衣物鋪跟我想像的不同，這裡居然是一件一件完成好的衣服掛著，做衣服不是應該要先買布嗎？以前在家鄉時，有幾次過年要添購新衣，我跟著娘到鎮上，買的就是一塊塊的布，回來再經過量身、剪裁、密密的細縫，才有身上的衣服。那句「慈母手中線，遊子身上衣」，說的不就是這樣的事情？

東海先生是一般成人的身材，他很快就找到幾套適合的衣服，那材質既像是棉又像是麻，甚至有點毛料的溫暖，我從來沒摸過這樣的布料。只是，當商鋪裡的嬸嬸拿出幾件衣服，套在我身上時，不是太大就是太小。這時螿國的叔叔嘆了口氣說：「小難先生，得請你移駕到田裡了，也許那裡才能找到適合你的衣服。」

假如沒有適合的衣服，不就應該趕緊找塊布、像我在家鄉或者招搖山時一樣，先量身再裁剪嗎？當我聽到「田裡」，還以為是我聽錯了，或者另一家店鋪的名稱就是「田裡」？大隊人馬來到一處平坦的田地，田裡種著一種植物，綠綠的葉子、粗粗的莖梗，像是玉米一樣，讓我驚訝得說不出話來的是——該長出果實的枝條上，長出的是一件件的「衣服」！沒錯，就是我們穿在身上的衣服，在這裡居然是從田裡長出來的！衣服有大有小，有各種的顏色，有上身、有下身……這奇妙的情景讓我完全看呆了。

「在我們載國，不用紡織女紅，就有衣服穿，我們只要好好照顧這些『衣服樹』就可以。『衣服樹』會長出什麼樣的東西，在長出之前誰也不知道。唯一要做的就是得把衣服取下來。如果家裡有剛出生的小孩，『衣服樹』剛冒出的前五天就得趕緊採收下來，不然衣服不斷的長大，就超過小孩的身軀，那又得等下一批長出來的衣服……」

適合我的衣服，果真在這塊衣服田地裡找到好幾件。他們俐落的把衣服從樹上平整的切下來，被切斷的那根分枝，流淌著汁液，就像一般的植物一樣。

「在我們這裡，衣服取得很容易，不用紡織，所以也沒有人想學女紅裁縫這類的工作。這裡的婦人，頂多把衣服洗乾淨、熨燙平整就可以。」

我想到家鄉那些總是忙得像陀螺的婦人，就像我的親娘一樣。她整天要做的事情多得數不完，為了讓家人都有新衣服穿，可不能每次都到商鋪買布，她常常得從搓麻開始，從一條條的絲縷開始編織成布，所以每一件衣服縫縫補補穿個幾年都是常有的事情。婦人忙了這些，工作卻沒有停歇的時候，因為農忙時她們也得到田裡幫忙。我小時候也曾提著爺爺、爹爹的點心小籃子，為他們送餐食。這裡的婦人既然不用做一般婦人的家事，那麼需要到田裡幫忙嗎？

「小難先生，我們這裡的田，也和別處不一樣。你看那塊稻田，它每年都會自動生長，完全不用照顧，我們需要時去採收就可以。那塊是玉米田、那是高粱、那是瓜果……」戴國的叔叔指著一塊又一塊，都是結實累累的田地。他再次強調：「從以前就是這樣了，我們誰也不知道為什麼。曾有人想把這裡的瓜果糧食移到他處種植，但不是枯死就是無法結果，只能說是上天特意賜福給我們這塊土地。」

這天晚上，我跟著東海先生到另一處豪華的宴會廳，坐在最前面的位置，看著他們一個月兩次的表演。這表演不是請人來歌舞歡唱，而是各種的鳥類、獸類，牠們彷彿聽命於什麼一樣，依序匯聚在大廳的舞台上。第一個節目出現一群五彩鳥兒，牠們羽毛很長，像拖著一條長長的裙子，那是「鳳凰」嗎？我還沒來得及問，就有人大聲的說著「鸞鳥頌歌——」這幾個音剛落下，舞台上十幾隻鳥兒開始發出叫聲，牠們此起彼落的，像是受過訓練似的哼唱。之前我聽過鳥叫，但鳥兒總會在人們出現時就趕緊飛走，我從來沒聽過鳥兒唱得這麼久，牠們似乎知道自己是來表演的，一首接著一首唱個不停。「鸞鳥頌歌」之後是「鳳鳥獻舞」。鳳鳥一出現，我就知道剛剛那絕對不是鳳凰了。鳳凰的顏色更是五彩斑斕，牠們跟著臷國人輕輕敲擊的絲竹樂，在廳堂裡滿場舞動。之後還有幾個不同的獸類，牠們完全不怕人，在這小小的表演場中，有的翻滾跳躍、有的踏著步伐規律的行進著。

臷國的人對每一個表演都報以熱烈的掌聲，最後一個節目更足足響了好一陣子，舞台上才出現一盞燈，燈下是一個人，拿著簡單的笛子，還有一個有蓋的草編小圓盒。

燈下那個人把笛子靠近嘴唇，輕輕的吹出第一個音，周

圍原本鬧哄哄的人突然安靜了，安靜得連自己的呼吸都聽得到。吹笛人繼續吹著，是很單調的單音，悠揚繚繞的音樂雖然好聽，但這就是他們的壓軸了嗎？「還不如東海先生平時隨意的彈奏呢……」正當我這麼想著的時候，那個有蓋的圓盒居然開始動了起來，從裡頭鑽出一隻黃色大蛇。蛇隨著音樂舞動、搖擺、往上盤旋、往下爬行，牠甚至會捲曲成團狀之後突然挺直起身子……彷彿聽得懂指令似的。弄蛇人的笛聲非常的簡單，純粹的聲音甚至有些單調，但當他表演的時候，所有的觀眾都非常安靜，不像前面那些表演時歡樂的跟著拍手叫好。靜靜的音樂、靜靜的表演、靜靜的觀眾……不知怎麼，這幾個加在一起就有種淡淡的哀愁。我說不上來那是怎樣的感覺，只覺得自己也有點揪心。

這幾天，大人國的幾位叔叔來這裡幫忙蓋了兩座更加豪華的表演場所，舞台更大，能容納更多的「表演者」，據說這裡的表演者都是來自各地的奇獸珍禽；圍繞著舞台周圍的座位也更多、更舒適，看起來載國的人特別注重這些歡樂的享受。當我們要離開時，當然又是一籠籠、一箱箱的東西送到船上，不過，他們也得到土叔送的一份禮物——一盆原本就在船上長著的雀榕。這株雀榕是不知道哪隻鳥兒在哪裡吃了雀榕的果實，在船上排遺之後，從船艙的隙縫中長出小苗。土叔一向喜歡種植，他找來一個乾掉的瓠瓜當花盆，把船上掃下來的灰塵當泥土，就把這棵雀榕照顧得綠意盎然。這盆雀榕還很小株，和一枝筷子一樣高而已，不過得到這個小盆栽的載國人，卻像捧著珍寶一樣。

不繫之舟航行得很遠後，我才問東海先生，載國是這麼富足的地方，人們不用耕種就有糧食、不用績麻紡織就有衣服，各種祥獸瑞鳥都自動來這裡為他們表演，這麼好的地方，為什麼那裡的人卻總有一種揮之不去的沉重感？東海先生沒有直接回答我的話，他只是看著大海，似乎對我說話，又似乎是喃喃自語：「你看這大海，今天是如此的平靜，但這是大海全然的面貌嗎？載國人的確得天獨厚，他們面對的永遠是豐衣足食，永遠是百穀匯聚、鳥獸安然，生活中再也沒有需要努力奮鬥的事物，這也讓他們陷入一種完全無法選擇的困窘……」

什麼都很好，總是事事順心，一路都是風平浪靜沒有任何波瀾，這不是大家都期望的嗎？我還是不懂！

八　貫胸國的交友之道

船帆上的下一個光點，就是貫胸國。從載國往貫胸國的路上，我自告奮勇的爬到桅杆上，一不小心跌倒，雖然立刻被另一面船帆擋住，沒有直接摔到地面上，但我的額頭還是破了一個洞。剛發生時額頭淌著血，看起來有點嚇人，但因為不怎麼痛，再加上我長大了，所以根本沒哭。

好在船上總有些簡單的藥，止血之後在上頭撒一些創傷藥粉，傷很快就好了，除了額頭多了一塊瘀青的突起，像多了一隻犄角，看起來有點好笑。

風叔說貫胸國的人胸膛有個大洞，我總想著自己的傷口，揣測著他們的洞有多大呢？是像我一樣受傷造成的嗎？會不會痛呢？假如胸膛有個洞，那麼頸部以上的頭顱會怎麼長？

不繫之舟第一個到的是結胸國，那裡的人認為自己是吳回的後代，凸起的胸骨是祖先們留下的光榮印記。結胸國的人有點像是「駝背」，只是別人駝背是在後背，他們在胸前而已，這點差別我還是可以想像的。但幾位叔叔輪流跟我說一些關於貫胸國的種種，他們越說我的疑問越多。

風叔說，貫胸國認為自己是以前防風氏的後代，他認為自己闖禍了，一刀刺穿自己的胸膛。不過禹感念他的忠誠與勇敢，就用「不死草」塞住那個被刺穿的洞，從那時候開始，貫胸國的人們一出生，胸膛就有一個洞。

我本來以為那個洞，就像我額頭一樣，像個受傷後長出來的犄角，沒想到當船靠岸時，岸上的人物讓我大開眼界。

居民們身材大小和我們沒有太多的差別，但是他們的衣著卻有特別的巧思，衣服上有個洞，特意露出胸前的窟窿。這窟窿大概和一個碗差不多大，就像穿耳洞一樣，沒有人會遮住這個胸前的大窟窿。有幾個穿著官服的人，那窟窿特別

大，幾乎跟一個大碗公一樣大了，胸前窟窿越大的，走起路來就更有氣勢，看起來更是得意洋洋。

來接我們的是貫胸國的一位大財主，他穿著紫色的蟒袍，一看就十足的威嚴。他客氣的說：「各位遠道而來，敝姓孔，這段時間要煩勞幾位師父幫忙工事，住所都為各位準備妥當了，若是還缺什麼、需要什麼請直說。」孔先生背後站著幾位壯碩的大漢，他們裸露著上身，露出團團的肌肉，長髮扎成辮子盤繞頭頂，清一色用紫色的頭巾繞了一圈，看起來既能固定頭髮不至於披頭散髮，又能擦汗。這幾位大漢身材高大，似乎一拳就可以把敵人打倒，大漢兩兩一組，抬著一根粗大的木棍，木棍上雕著複雜的花紋，有幾處還包著金箔。

離岸邊不遠處，有一輛馬車，車頂也是紫色的車蓋，孔先生招了招手，馬車伕就驅車到我們面前，他一邊請我們上車，一邊還這麼說：「幾位貴賓請上車，這是為各位準備的，只怕招待不周怠慢了。我們這裡的人不興坐馬車，也不知道是否合於貴客的要求……」馬車上有好幾個座位，都鋪上了軟墊，連軟墊也是淺淺的紫色，坐起來非常舒服，這位孔先生真的是太重視禮節了。

我們的馬車慢慢的踏著步子走，噠噠、噠噠的馬蹄聲很有規律的在石板路上響起，這裡的景色沒有什麼特別的地方，市街屋宇、田園農莊、大街小巷……看起來就像某個小城一樣。只是當我們的馬車走沒多遠，後頭整齊的踏步聲慢慢追上，馬車的窗戶旁，冒出了那位孔先生的臉。那幾位壯漢，用那粗大的木棍，直接穿過貫胸國人們胸前的窟窿，就這麼抬著人在路上走。

在家鄉時，我只記得爺爺曾在老牛的鼻子上面穿上環，鼻環上綁著繩索，拉牛時拉著繩索就可以了。那鼻環是銅做的，一套上去就焊死，永遠不能拔下來。以前家裡也有一頭老牛叫「阿笨」，爹要我看牛時，就跟我說，不要怕，阿笨看起來雖然很大，但你手上這條繩索是法寶。要是阿笨不乖，就用力拽動著繩子，繩子會牽動著鼻環，只要這麼做，牛就會覺得疼痛，也就會乖乖聽話了。

爹不知道的是，他教我的方法，我一次都沒這麼做過。家裡的阿笨年紀比我還要大幾歲，牠的動作很慢、工作很賣力，脾氣也很好。每次我牽著阿笨出門時，我總是輕輕的拉著，深怕弄痛了牠。阿笨常常走在前面帶著我，鄰居在路上看到我，還曾笑說：「小難，是你放牛呢，還是牛放你呀！」

牛的鼻子上穿上了環，都已經這麼痛了，這些貫胸國的人，怎麼讓粗大的棍子貫穿自己的胸膛，卻還能談笑風生呢？難道真的一點也不痛？

我們在這裡待了大約七八天，孔先生要大人國的這群工匠，在家裡做出能讓更多賓客休息的「貴賓室」。貴賓室剛完工時，我也去看看，那是一間布置著好幾張桌子、椅子的房間，可以泡茶、下棋、看書……比較特別的是貴賓休憩的地方，竟然沒有常見的床鋪，而是包著軟墊的橫桿，架在堅固的支架上。

「我們這裡休息也不習慣跟別人一樣躺在床上，總覺得要好好的掛著，才能真正的休息。貴賓來到這裡，會請僕役伺候沐浴盥洗，之後幫他們掛在架子上。隔天只要一呼喊，僕役就會出現，幫貴賓走下架子，整理服裝儀容。來這裡做客，我一定讓對方有賓至如歸的感受。」

這幾天我同樣跟著東海先生到處「做客」，他們常有接待各地賓客的經驗，對我們這種胸前沒有窟窿的客人也見怪不怪。孔先生說，這窟窿可不只是個前胸通後背的洞而已，這裡的人都能從這個洞的狀況，判斷這個人是不是值得交往的朋友。

「我們這裡就算是婦人家，這個洞也會光明正大的讓別人看得到，所以每一件衣服都要特別訂製，因為每個人的窟窿位置不盡相同，街上買不到現成的衣服。」

「冰天雪地的時候怎麼辦呢？胸前露出這個洞，會不會覺得特別冷？」當我這麼麼問的時候，孔先生大方的拉著我的手，讓我摸一摸他胸口的窟窿。

「小兄弟，你摸起來有什麼感覺呢？」我原本以為那會有坑坑巴巴的觸感，沒想到就像摸到胳臂、大腿一樣，就像身體的一部分，並沒有特別的感覺。

「就算是冰天雪地，也沒人會想遮住這個洞，要是有人真的故意穿起整片的衣服，讓別人看不到窟窿，反倒會讓人起疑……」

這番話真的讓人摸不著頭緒，難道這個窟窿還藏著什麼祕密嗎？

「我們這裡交朋友很簡單，別人的挖心掏肺，我們只要瞧一眼就知道對方是不是正人君子。你看，像我這洞中間清澈乾淨，那就是心思純正，大部分的人都會是這樣的；德行更高的人，這個洞不只乾乾淨淨的，

你還能從中看到金光、亮光，真的像是明月般的發光；假如心中開始存著雜念，思忖著那些想算計別人的念頭時，這個洞讓人看到的就會是烏雲遮蔽著，想藏也藏不了。在我們這裡，要是你只是虛情假意，不用多說，別人一眼就看穿了。呵呵，是真的看『穿』了！」

貫胸國的人喜歡各式各樣的紫色，風叔為他們設計的貴賓室，就有深深淺淺的紫環繞著，看起來真貴氣大方。

那幾天，當我走在路上，總會不自覺的看看周圍人們胸口的窟窿到底是什麼模樣，的確有些人中間不是清清朗朗，而是瀰漫著白霧、烏雲，甚至一團烏煙瘴氣，那些人走路時也低著頭、縮著脖子、駝著背，閃閃躲躲、猥猥瑣瑣的。周圍的人也都刻意避開，我想絕對不會有人想要跟他們做朋友。

離開前，當然免不了一個豐盛的送別宴，這次東海先生彈奏的曲子，讓我想到明亮的陽光。孔先生請來的賓客似乎也都很喜歡這段樂曲，我注意到他們聽著聽著，胸前那個窟窿竟然閃著光亮，像是裝上一盞燈一樣。我們在送別宴的第二天離開貫胸國，那些昨晚參加宴會的賓客，他們胸前窟窿的光亮，隔了一整夜都還是透著光、發著亮。

離開貫胸國時，我腦子還是有解不開的疑問，那些胸前發光的賓客，他們的光亮能持續多久呢？那些胸前晦暗、烏煙瘴氣的人，他們要怎樣改變，才能讓自己的胸廓清朗？我也想著，一個人完全不能有任何的「壞念頭」嗎？

九　欲去欲還水潤茫

不繫之舟已經航行了快半年，船上的幽鴳原本怕水、怕暈船，現在已經完全習慣，整天活蹦亂跳的，有時不小心掉進水裡還會大聲呼救，比小孩還要頑皮。只不過幽鴳在船上待太久，最近總有些病懨懨的樣子，不像一開始那樣的活潑。當時牠可能是頑皮登上開往招搖山的船，所以意外的出現在招搖山，現在又跟著不繫之舟在海上兜著圈子。牠常常趴著，看起來無精打采的，原本愛笑的牠，這陣子怎麼逗弄都難得讓牠發出笑聲。

當我拿果子給幽鴳，牠聞了聞又趴了下來，我也只能摸摸牠說：「很快就會到你住的地方了，以後可別再亂跑啊！」

我說的話幽鴳一定聽不懂。聽不懂比較好，因為這船還有好幾站要走，日子一天一天的過，根本快不了。

離開貫胸國之後，我們又經過幾處，這些國家的人長相也都跟一般人不一樣，因為他們特殊的外型，風叔他們總能為他們設計最需要的器具或用品。報訊鳥一批批的來，我們就一站一站的前去，每每看著帆上的光點，我都會想到那些曾經去過的地方。

交脛國在貫胸國的東邊，這裡的人外型跟一般人沒兩樣，但兩條腿的骨頭沒有骨節，從大腿到小腿、腳掌全都是同一節骨頭。這讓他們走路都得挺直著身體，看起來非常僵硬。他們笑著說自己是富貴命，躺著就不想坐，坐著就不想站起來，假如站著呢，維持原本的姿態反而是最舒服的。交脛國的人都很長壽，很多年紀大的人，撐不了自己的身體，只能把兩條腿交叉盤著，半坐半躺的，要去哪裡還得請僕役

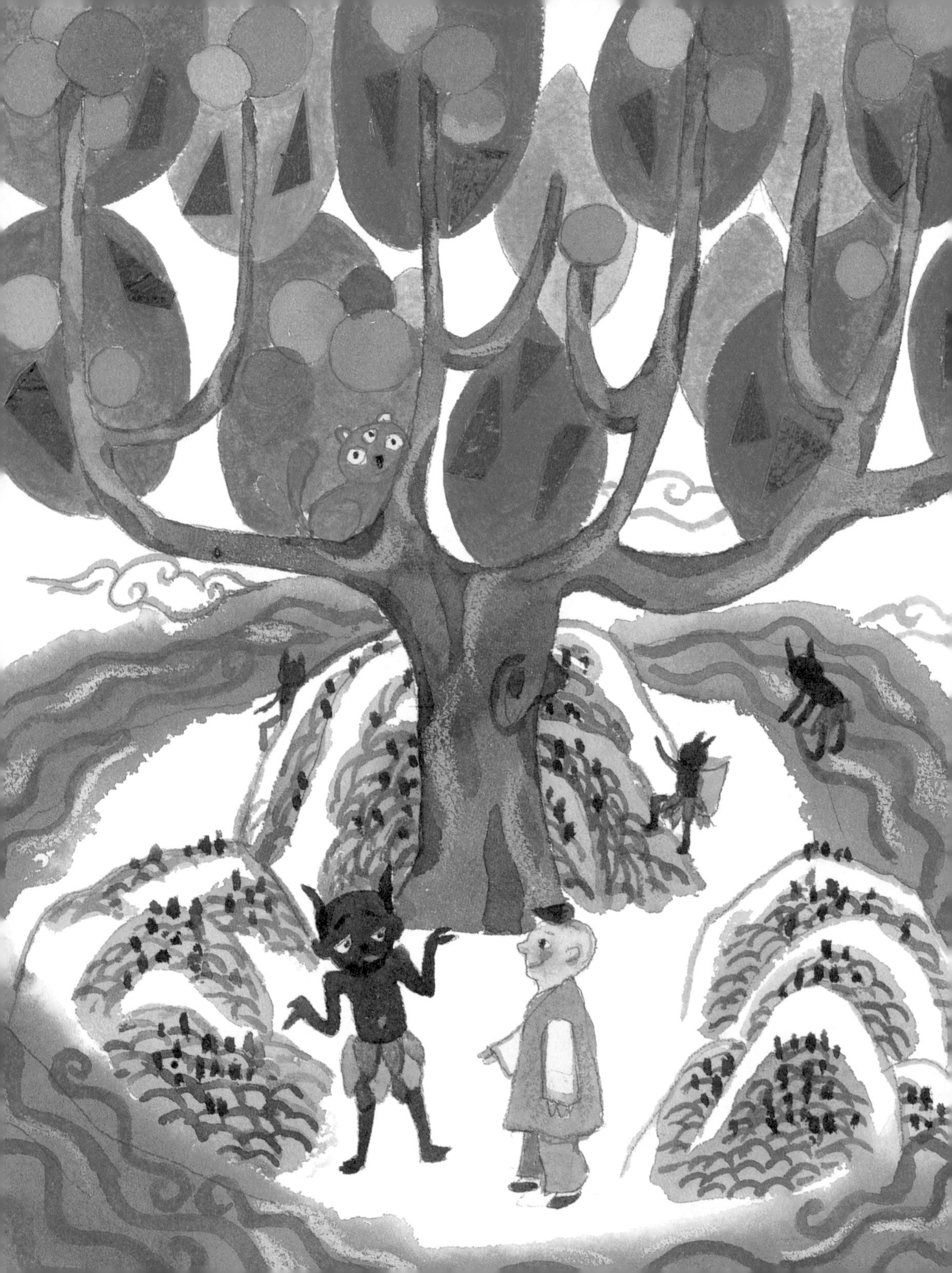

幫忙攙扶。

他們請來風叔這些大人國的工匠，就是想解決這樣的問題，國內老人家越來越多，到時候誰能攙扶誰呢？還好風叔他們最後不負使命，製作出簡單的輪子推車，一個人就可以操作，交脛國的人非常歡喜，他們終於不用受限於身體的障礙，也能時時自由行動了。

不死國在交脛國的東方，這裡的人全身漆黑，跟厭火國的人長得有點像。他們說，因為國內有一座不死山，山上有一棵不死樹，樹上總是長滿了果實；圍繞這座山有條河水，河水的顏色總是泛著淡淡的紅光，聽說這是不死之泉。果實和泉水都是這裡的人每天會吃到、喝到的，他們長到大約二十歲之後，相貌就不會有改變，完全看不出年紀。

我看到一個模樣只比我大一點點的「大哥哥」，他說他只記得很多年前自己的玄孫出生，現在那玄孫都當上曾祖父了，所以他也弄不清自己到底是幾歲了。因為有著不死之軀，除非生病或者發生意外，否則每個人的壽命都是永無期限，「大哥哥」說這一點也不好。

「為什麼？多少人想要長生不老！」

「真的嗎？你會記住所有的事情，幾百年、幾千年，這樣好嗎？你每天都會過著同樣的日子，每一件事情都沒有個終了，這樣真的好嗎？」

他們的壽命甚至比自己的房屋還要老，所以要風叔他們幫忙修建房子，讓房子更加牢固。風叔找了許多巨木，為他們的老舊屋子換梁、換柱，找了當地的石片當瓦片，讓屋頂也能更加牢固。我們要離開時，風叔說：「這次修建之後，大概又可以撐幾百年了……」我發現他們的神情似乎也沒有非常開心的模樣，假如人真的全都擁有不死之身，那麼還會對未來有期盼嗎？現在該努力的還會繼續努力堅持嗎？

繞過幾個國家，我們到了長臂國。這裡的人個子高大，但手臂居然是身體的兩倍長，長長的手在地上，走起路來有些不方便。那裡的人為了讓手不要老是碰著地板，會在衣服上裝上口袋，走路時將手放進口袋裡，就不會弄髒了。

這麼長的手臂，讓他們可以做很多一般人得費勁做的事情，例如長在高處的果實，他們手一伸，輕輕鬆鬆的就可以摘下來；放在高處的東西，他們也不用梯子，直接用手就可以搬動拿取。這長長的手臂讓他們個個是捕魚高手，只要站在水邊，隨手一撈就是一條大魚，什麼魚網都不用了。

在長臂國的這幾天，吃了許多不同的海鮮料理，連擅長

烹煮食物的火叔，都說滋味極好！

只是，長臂國的人也有他們的苦惱。長手長腳的他們，最麻煩的竟然是做跟自己有關的事情，像是洗頭、刷牙、洗澡，甚至吃飯！「我們無論拿怎樣的餐具，都因為手太長了，根本送不到自己的嘴邊……」長臂國的人這麼說，讓我非常驚訝，既然這樣，他們怎麼吃東西？

「小兄弟，你猜猜看，還是等晚上吃飯的時候，你可以直接看看。」

那天晚上，我們第一次跟長臂國的人吃飯，他們的長手臂果真長得沒地方放，當他們要吃東西時，伸出的手是遞給對面的人，就像相互餵食一樣。即使一開始不認識的人，同桌吃飯時，也能迅速的彼此配合好，每一餐飯都是這麼吃的。唯一不方便的是，彼此的手臂會不時碰撞到，吃一頓飯下來，聽到好多次：「失禮了！抱歉了！」風叔他們為這裡的人做了好幾張大圓桌，桌子的尺寸剛好適合他們的長手臂。改成圓桌吃飯，大家伸長手臂就對著對面那個人就好，長臂國的人太喜歡這樣的設計，他們一高興就會把手往上伸，隨手抓著高大的樹枝，開心的擺盪起來。

不繫之舟繞過狄山，就進入一片漩渦遍布的水域，即使是善於操船的叔叔們，也是放慢了速度。火叔看著遠遠的狄山，他說這才是真正沒有人會上岸的地方，除了漩渦之外，處處是險地，那裡也是傳說中帝堯、帝嚳等幾個皇帝的墓地。為了守住這些帝王的陵墓，據說山上住有許多奇獸：凶猛的狗熊、人臉熊身的人熊、身上斑紋絢麗如同百花一樣的文虎、全身像火一樣鮮紅，飛起來也會像閃耀著火焰般的離朱鳥……這些珍禽奇獸都靠著山上一種奇特的植物生存，這奇特的植物叫做「視肉」，它看起來像是牛肝、又像是菇蕈，味道吃起來也像肉、又像是植物，據說常服用可以百病不生……

火叔說到這兒，我忍不住問了：「既然都沒人去過，您怎麼知道道上頭的鳥獸吃這種東西呢？」

「我當然看過、也吃過，那味道很特別，我到現在都很難找到相同的食材，做出類似的東西……」火叔擅長烹調，他吃過的東西都能記住味道。他說有一次經過狄山要往岐舌國，報訊鳥兒飛回來時，有一隻嘴裡啣著一小塊東西，那東西是淺棕色的，好像一條小蟲還會蠕動。因為是鳥嘴啄起的一小塊，火叔原本想直接丟棄，但看到狄山，又想到傳說中的「視肉」，所以他沒有立刻丟掉這一小塊東西，而是找到一個盆子，裝了一些土，想試著種種看。

「以前聽人說，『視肉』像動物又像植物，割掉一部分，它還會再長出來，如此永遠是取之不竭、用之不盡。我把它養在盆子中，原本只有一小撮鳥嘴般大小，幾天後像一顆雞蛋那麼大，再過幾天後見就變得像絲瓜……我切下一半紅燒，那滋味真好。它真如傳說中的，切掉一半之後，慢慢又長回原來的樣子，越長越多、越長越大，我們也天天換著不同的煮法吃……」

既然這麼好吃，又能如此取用不盡，那怎麼現在船上沒有這種神奇的「視肉」呢？

火叔抓了抓頭，露出不好意思的笑容說：「有一次我煮得太開心，把整顆都煮光了，忘了留一點下來，都吃完了，當然也就沒能再長出來了。那鳥嘴啣來一小塊視肉，真的是千萬分之一才有的事情，要不是我吃過，我也不會相信狄山有那種神奇的東西。」

船隻就要繞過狄山，報訊鳥會不會再次啣來「視肉」呢？我看著狄山，青綠色的，就如同一般的山一樣，這神祕而沒人去過的山，真的只能這麼遠遠的看著它嗎？

報訊鳥一整群又飛過來，我看了看船上的帆，想確定這次要靠岸的是哪個國家。不過，這次靠過來的卻是另一艘船。

航行這麼久，第一次遇到同樣來自大人國的船隊，這艘船比不繫之舟略為小一點，由五個人操控。兩艘船在中間搭起一座橋柱，那五位先生身型高大，有著大人國人民的特點，只是看起來有老有少，當然也不是同胎的兄弟。他們說船要往北山的方向行進，那兒有人要建一座長橋，長橋橫跨一條大川，非要大人國這種高頭大馬的工匠才能勝任。

一聽到北山，東海先生就問：「北山系有座邊春山，你們會繞到那裡嗎？」

「會的，我們要去的是丹薰之山，那裡離邊春山約三百里，我們可以繞過去。您想到那邊去拜訪朋友嗎？」

「不，我這趟想順道回到我出生之地，人總得返回故居看看，我也好久沒返鄉了。我想託你們把這隻來自邊春山的『幽鴳』帶回牠該安居的地方，你們的船上有安置的地方嗎？」

那艘船的五位先生同時點點頭，他們說：「我們這趟沒有載客人，就是單純的到幾個地方工作，所以船上有的是空間，我們會把這『幽鴳』帶回邊春山。」

「另外，還有一事請託。我原本想『順道』把幽鴳送回邊春山，也『順道』把我這位好朋友的徒兒送回家，沒想到船是越走越遠，這孩子離家也越來越遠了。既然你們往那個方向去，能不能也順路送這孩子回家？他家住在虢山附近，離邊春山並不遠，我會先請人在那裡等他。」

「既然是東海先生好友的徒兒，我們也會奉為上賓，一定安全送

他回家。」

這天的晚餐就在不繫之舟上用餐，火叔展現他的廚藝，煮了一大桌好菜。那五位叔叔聽說我十二歲就被送到招搖山拜師，都說我的爹娘很有膽識，能讓這麼小的孩子獨自闖蕩。他們安慰我說，雖然他們的船大小不如不繫之舟，但操控起來更是靈活，假如順風的話，不

到十天就可以回到我的故鄉。

想到好久沒見到的爹娘、爺爺奶奶，想到我那還沒見過面的孿生弟弟、妹妹，我還想起兒時玩伴大楞子，不知道他現在長多高多大了？他們看到我會說什麼？

五位叔叔吃過飯之後就回到他們的船上，他們說收拾收拾就能騰出空間讓我過去。兩艘船還是用幾個橋架扣著，也都收起了帆，讓船隨著平靜的海水慢慢的盪著盪著。

這是我在不繫之舟的最後一個晚上了嗎？

我該跟著東海先生繼續航行，看看那些我沒去過的地方？還是跟著新的船，回到我的故鄉？

這一夜，我睡不著了……

山海經裡的故事4：
東海先生的不繫之舟

文｜鄒敦怜
圖｜羅方君
美術設計｜劉蔚君
校對｜歐秉瑾

叢書主編｜周彥彤
叢書編輯｜戴岑翰
副總編輯｜陳逸華
總 編 輯｜涂豐恩
總 經 理｜陳芝宇
社　　長｜羅國俊
發 行 人｜林載爵

聯經出版事業股份有限公司
地　　址｜新北市汐止區大同路一段 369 號 1 樓
電　　話｜(02)86925588 轉 5312
聯經網址｜www.linkingbooks.com.tw
電子信箱｜linking@udngroup.com
印　　刷｜文聯彩色製版印刷公司印製

初　　版｜2023 年 7 月初版
定　　價｜350 元
書　　號｜1100762
I S B N｜978-957-08-6995-8

行政院新聞局出版事業登記證局版臺業字第 0130 號

國家圖書館出版品預行編目資料

山海經裡的故事 4：東海先生的不繫之舟 / 鄒敦怜著 ; 羅方君繪 . -- 初版 . -- 新北市 : 聯經出版事業股份有限公司 , 2023.07
192 面 ; 17×21 公分
ISBN 978-957-08-6995-8(平裝)

1.CST: 山海經
2.CST: 歷史故事

857.21　　112009979